버드나무에 부는 바람 1

버드나무에 부는 바람 1

2004년 1월 2일 초판 인쇄
2004년 1월 6일 초판 발행

글쓴이 : 케네스 그레이엄
옮긴이 : 박 선 화
펴낸이 : 조 명 숙
펴낸곳 : 도서출판 맑은창

등록일자 : 2000년 1월 17일
등록번호 : 제 16-2083호

서울특별시 강남구 역삼동 810-16
전화 : (02) 555-9512
팩스 : (02) 553-9512

ISBN 89-86607-30-1 04840
ISBN 89-86607-29-8 04840(전 2권)

버드나무에 부는 바람

케네스 그레이엄 지음 / 최연수 그림 / 박선화 옮김

1

도서출판 맑은창

·서 문

　영국의 음습한 날씨는 문학작품을 풍성하게 열매 맺게 하고 특히 추리소설과 동화가 발달할 수 있는 조건을 갖추고 있다. 상상력이란 제한된 환경에서 더 큰 역량을 발휘하기 때문이다. 추리소설도 그렇지만 동화의 세계도 어린이들뿐만 아니라 어른이 된 뒤에도 꿈과 미지에 대한 무한한 상상력을 가지게 한다. 작가 케네스 그레이엄은 영국의 아동문학 발전에 크게 공헌하였으며, 그가 작품을 통해 우리에게 전하려고 했던 인간에 대한 깊은 애정과 유머 등은 두고 두고 음미할 만한 가치와 맛이 있다. 그는 이 작품에서 강둑 주변에서 살아가는 물쥐, 두더지, 오소리, 두꺼비 등 대표적인 네 마리의 동물들을 등장시켜 그들의 삶을 인간들의 유형과 대비시켜 풍부한 상상력으로 그려내고 있다.

　시를 쓸 줄 알고 착한 천성을 가졌으며 남을 위하여 헌신할 줄 알고 치밀성을 가진 물쥐, 묵묵히 자기의 도리를 다하며 충직스러운 두더지, 현명하고 올바른 판단력과 리더십을 지닌 오소리, 허풍 세고 남들에게 드러내기 좋아하고 선천적으로 유창한 말솜씨를 지닌 단순한 성격의 두꺼비 등이 한 공동체를 이루며 살아가는 모습은 우리 인긴 세상을 그대로 옮겨 놓은 것과 같다. 강둑이라는 그들의 삶의 세계를 벗어나 새로운 세계로 나가고 싶은 도전정신과 내면의 욕구를 실현하기 위하여 벌이는 이들의 시도와 안정된 삶을 추구하려고 하는 이들 간의 갈등은 인간들의 세계에서도 늘 존재하는 문제이기도 하다.

이 작품을 읽고 있노라면 울창한 자연림 가까이 흐르는 강물을 배경으로 저마다 신으로부터 부여받은 생명의 본질을 씨줄과 날줄로 엮어 마치 오케스트라를 연주하여 웅대한 하모니를 이루어 내는 듯한 환상과 함께 한 편의 아름다운 영화를 보는 듯한 착각에 빠지게 한다. 또한 우주의 모든 것은 자연과 함께 살아 숨쉬며 살다가 자연 속으로 돌아갈 수밖에 없는 자연의 법칙을 교훈으로 가르쳐 주기도 한다. 이 작품에서 작가는 버드나무로 둘러싸인 자연림의 여름 풍경을 서정적으로 그리고 있다.

"흰색 안개가 아직 펼쳐지지 않고 강물에 달라붙어 있을 때 아직도 아침이면 차가우리라는 생각을 떨쳐 버리지 못하고 졸리워 한다. 충격적으로 아침의 첫 햇살이 비쳐오고 강둑을 따라 황급히 퍼져 간다."

우리는 여름이 시작되는 6월의 강둑을 따라 걸으며 물쥐, 두더지, 오소리, 두꺼비의 우정과 사랑 이야기에 귀를 기울이며 인생의 산책을 시작할 수 있을 것이다.

조인숙(교수, 문학 박사)

21세기를 사는 우리는 날로 발달하는 첨단과학과 더불어 급변하는 세상에서 바쁘게 살아가고 있습니다. 미처 뒤를 돌아볼 여유도 없이 그저 앞만 바라보며 뛰어야 합니다. 그러다 보니 꿈과 희망과 순수함이 존재하던 동심의 세계는 영원히 잃어버린 것 같습니다.

20세기 초에 처음 출판된 이후 여러 세대에 걸쳐 독자들의 사랑을 받아오며, 이제는 영문학의 고전으로서의 위치를 확고히 한 영국의 케네스 그레이엄의 작품 『버드나무에 부는 바람』은 어릴적 꿈을 잃어버린 채 살아가는 우리를 그 순수했던 동심의 세계로 이끌어 주는 길잡이입니다. 거기에는 우리가 원하는 친구들이 있습니다. 그리고 자신의 이익을 먼저 생각하지 않고 다른 사람을, 나아가서는 공동체를 먼저 생각하는 배려가 담겨 있습니다. 우리도 남을 위한 배려를 먼저 생각하는 마음을 가진다면 훨씬 아름다운 세상이 이루어지게 될 것입니다.

아무쪼록 독자들도 두더지, 오소리, 물쥐, 두꺼비와 함께 모험을 즐기며 친절함과 잃어버린 순수함을 되찾기를 바랍니다.

여러분이 이 작품들을 읽으며 순수하면서도 달콤한 동심의 세계라는 향수에 젖어드실 수 있기를 기원합니다.

박선회

차 례

버드나무에 부는 바람 1

1. 강둑

봄맞이 대청소. 조그만 집이었지만 두더지는 오전 내내 바쁘게 움직여야 했다. 처음에는 먼지를 털고 비로 쓸어 낸 다음, 사다리, 발판, 의자에 올라서서 통에 들어 있는 회반죽을 붓으로 찍어 발랐다. 눈에 먼지가 들어오고, 목구멍까지 막히고, 온몸에 회반죽을 뒤집어쓰면서 허리가 아프고 팔에 힘이 빠질 때까지 일했다. 머리 위의 공기 중에서, 발밑의 땅에서, 그의 주위에서 봄이 움직이는 것이 느껴졌다. 봄은 성스러운 불만과 갈망으로 가득 찬 그의 조그맣고 어둡고 누추한 집에까지 뚫고 들어온 것이다.

두더지가 갑자기, '아, 힘들어! 아휴, 지겨워! 봄맞이 대청소 다음에 해!' 라고 소리 지른 다음 회반죽을 칠하던 붓을 마룻바

14

닥에 내던지고, 코트를 걸칠 생각도 하지 않고 집 밖으로 뛰쳐
나간 것도 놀라운 일은 아니다.

땅 위의 세상에서 무엇인가가 두더지를 절박하게 불렀다. 그
리고 그는 그 부름에 대해 마치 대답이라도 하듯이 좁고 가파
른 동굴을 뚫기 시작했다. 태양과 가까운 땅 위의 세상에서 사
는 마차를 가진 동물이 즉시 자갈길을 달려가는 것과도 같은
행동이었다.

두더지는 조그만 손으로 매우 빠르게 땅을 찌르고 파고 퍼냈
다. '올라간다! 내가 올라가!' 라고 중얼거리며 계속 땅을 찌르
고 파고 퍼냈다. 마침내 그는 튀어나왔다. 먼저 햇빛 비치는 세
상으로 조그만 얼굴을 내민 다음, 드넓은 초원의 따뜻한 풀밭
을 마구 굴렀다.

'정말 좋은데' 그는 이렇게 중얼거렸다. '회반죽을 칠하는
것보다 훨씬 좋아.'

몸에 닿는 햇살은 따가웠고, 산들바람은 이마의 땀을 씻어
주었다. 그리고 오랫동안 지하의 집에서 살다 나왔기 때문에,
즐겁게 우지짖는 새들의 노랫소리가 둔해진 그의 귀에는 고함
소리처럼 들렸다. 두더지는 삶의 기쁨과 봄맞이 대청소를 하지
않아도 찾아오는 봄의 즐거움에 휩싸여 무작정 초원을 걸었다.
반대편 가장자리의 울타리에 다다를 때까지 걸었다.

"정지!"

울타리 틈새에서 나이 많은 토끼가 나타나 소리쳤다.

"여기까지 왔으니 통행료는 6펜스다!"

그러나 그 토끼는 두더지가 짜증을 내며 무시하는 눈으로 쳐다보자 당황해 하며 뒤로 물러났다. 두더지는 울타리를 따라 걸어가 무슨 일인지 궁금해 구멍에서 머리를 내민 다른 토끼들을 놀렸다.

"겁쟁이들! 겁쟁이들!"

두더지는 조롱하는 투로 이렇게 말해 준 다음, 토끼들이 적절한 대답을 생각해 내기도 전에 그 자리를 떠나 버렸다. 토끼들은 두더지가 사라지자 한꺼번에 투덜거렸다.

"너는 정말 어리석구나! 왜 두더지에게……."

"너는 아무런 얘기도 못했잖아."

"통행료를 안 내면 못 간다고……."

그렇지만, 이번에도 언제나 그렇듯이 그들의 이런 소란은 아무런 소용도 없었다.

두더지는 울타리를 따라 걷기도 하고, 작은 관목 숲을 뛰어넘기도 하며 초원의 여기저기를 돌아다녔다. 새들의 보금자리도 살펴보고, 피어나려고 하는 꽃봉오리도 살펴보고, 나뭇잎이 속삭이는 소리도 들었다. 모든 것들이 즐거워하며 각각 해야 할 일을 한다.

두더지는 마음 속에서 '회반죽!' 이라고 외쳐대는 양심을 느끼며 마음이 불편했다. 하지만 두더지는 이 모든 바쁜 시민들 틈에서 유일하게 한가한 개가 얼마나 즐거울지를 알 수 있었다. 휴일의 가장 좋은 점은 자신이 푹 쉬는 것이 아니라, 다른 사람들은 바쁘게 일해야만 한다는 사실을 지켜보는 것이 아니겠는가.

두더지는 정처없이 초원의 여기저기를 걷다가 물이 불은 강가에 서게 되었을 때 더욱 많은 행복감을 맛볼 수 있었다. 구부정한 몸으로 매끄럽게 움직이는 동물 같은 강을 보는 것은 그때가 처음이었기 때문이다.

불어난 강물은 껄껄거리고 흘러가며 강가의 무엇인가를 붙잡았다가 다음 순간에는 요란하게 웃으며 놓아주고, 다른 놀이 상대를 찾아 떠났다. 붙잡고, 흔들어주고, 번쩍이며 쓸어주고, 소용돌이를 치며 재잘거리고, 거품을 일으킨다.

두더지는 마법에 걸린 듯 매료되고 말았다. 어린아이가 재미있는 얘기에 매료되어 쪼그리고 앉아 아버지를 바라보며 계속되는 얘기에 귀를 기울이는 것처럼, 두더지는 강둑에 주저앉아 강물을 지켜보았다. 강물은 계속 조잘대며 흘러간다. 두더지에게, 강가의 땅에게, 그리고 마지막으로는 바다에게 이 세상에서 가장 아름다운 얘기들을 들려주는 것만 같았다.

강둑의 풀밭에 앉아서 두더지는 건너편을 바라보았다. 건너편 강둑의 조그만 검은 구멍이 그의 시선을 끌어당겼다. 수면 바로 윗부분의 그 구멍을 보며, 두더지는 꿈꾸듯이 수면 바로 위라서 먼지도 별로 없는 강둑의 좋은 집이 되어 줄 수 있겠다고 생각했다. 계속 그 구멍을 바라보노라니, 그 구멍의 한가운

18

데에서 무엇인가 반짝이는 것을 볼 수 있었다. 순간적으로 사라졌다가 다시 한 번 작은 별처럼 반짝인다.

그렇지만, 잘 생각해 보면 별것일 리가 없다. 개똥벌레의 애벌레라고 하기에는 너무 크고 너무 반짝인다. 잠시 후, 그 반짝임은 뚫어지게 바라보는 두더지에게 윙크를 했다. 그렇다면 그것은 누군가의 눈이다. 실제로 액자처럼 그 반짝임을 감싼 것 같은 조그만 얼굴이 나타났다.

수염이 난 갈색의 조그만 얼굴이다. 근엄해 보이는 조그만 갈색의 얼굴. 두더지의 시선을 끌어당겼던 반짝이는 눈. 조그맣고 부드러운 털. 물쥐다!

두 마리의 동물은 일어나 서로를 조심스럽게 살펴보았다.

"반갑다, 두더지야."

물쥐가 말했다.

"반갑다, 물쥐야."

두더지가 말했다.

"이쪽으로 오지 않을래?"

물쥐가 조심스럽게 말했다.

"오, 그렇게 얘기를 해주니 기쁘다."

두더지가 수줍은 듯이 말했다. 그는 강가의 동물과 그 생활 방식에는 무척 낯설었다.

물쥐는 아무런 말도 하지 않았다. 그러나 곧 몸을 움직여 밧줄을 풀고 끌어당겼다. 그리고 두더지로서는 이제까지 보지 못했던 보트가 나타나자 가볍게 올라탔다. 바깥 부분은 파란색으로, 안쪽 부분은 흰색으로 칠해진 보트로서 동물 두 마리가 타기에 꼭 알맞은 크기였다. 그것을 보는 순간 두더지는 그것을 어떻게 이용하는지도 모르면서 마음이 끌렸다.

물쥐는 멋진 모습으로 노를 저어 빠른 속도로 강을 건너왔다. 그런 다음 겁을 먹으며 강둑을 내려온 두더지에게 앞발을 내밀었다.

"여기에 기대."

물쥐가 차분하게 말했다.

"그 다음에는 가볍게 올라타."

물쥐의 지시에 따라 움직이던 두더지는 자신이 어떻게 해서 보트의 뒷자리에 편안히 앉아 있는지 놀라웠다.

"오늘은 정말 멋진 날이다!"

물쥐가 강둑에서 배를 밀어낸 다음 다시 노를 젓기 시작했을 때 두더지가 말했다.

"나는 아직까지 한 번도 보트를 타 본 적이 없었거든."

"뭐라구?"

물쥐가 입을 딱 벌리며 소리쳤다.

"그러니까 너는 단 한 번도 보트를 타 본 적이 없단 말이지? 그럼 너는 이제까지 무슨 재미로 살았니?"

"보트를 타는 것이 그렇게도 재미있는 일이니?"

두더지가 수줍어하며 물었다. 그러나 두더지는 자리에 편안

히 앉아 쿠션을 살펴보고, 노와 노걸이를 보고, 보트가 흔들거리며 앞으로 나아가는 것을 느끼며 보트 타는 일이 정말 재미있다고 이미 생각하고 있었다.

"재미있는 일이냐고? 이건 이 세상에서 가장 큰 즐거움이야."

물쥐가 노를 젓느라 앞으로 몸을 숙이며 근엄하게 말했다.

"농담으로 하는 얘기가 아니야. 이 세상에서 이보다 더 큰 즐거움은 분명히 없다니까. 그저 보트를 타고만 있어도……."

"물쥐야, 앞을 봐!"

갑자기 두더지가 소리쳤다.

이미 늦었다. 보트가 강둑에 정면으로 충돌했다. 꿈꾸는 뱃사공, 즐거운 뱃사공은 보트 바닥에 나동그라지고 말았다.

"……보트를 탄다는 것은……."

물쥐는 유쾌한 웃음을 터뜨리며 몸을 일으킨 다음 애써 태연한 태도로 말했다.

"이런 일쯤은 아무런 문제도 아니야. 이런 일도 있어야 더욱 재미있는 법이기도 하고. 어쨌든 보트를 타고 있으면, 네가 어디를 가거나 혹은 그저 빙빙 돌기만 할지라도 말이야, 항상 바쁠 수밖에 없어. 특별히 해야 할 일은 없는데도, 항상 해야만 하는 무슨 일인가 있어. 그리고 너도 하고만 싶다면 얼마든지 보트를 탈 수 있어. 자, 저길 봐! 너도 오늘 오전에 특별히 해야 할 일이 없다면, 우리 함께 강을 타고 내려가지 않을래?"

두더지는 기쁨에 넘쳐 발가락을 꼼지락거렸다. 가슴을 펴고 만족감에 가득 차 숨을 내쉬기도 했다. 그리고 의기 양양하게 푹신한 등받이에 몸을 기댔다.

"오늘은 정말 운이 좋은 날이야."

두더지가 말했다.

"지금 바로 가 보자."

"그럼, 조금만 기다려."

물쥐는 이렇게 말하고서 배의 밧줄을 당겨 고리에 걸고, 강 둑에 있는 자신의 구멍으로 기어올라갔다. 그리고 잠시 후에 묵직한 점심 바구니를 들고 다시 나타났다.

"이걸 네 발 밑에 넣어둬."

그는 보트에 타고 있는 두더지에게 그 바구니를 건네주며 말 했다. 그런 다음 배를 매는 밧줄을 풀고 다시 노를 잡았다.

"바구니 안에 뭐가 들었니?"

두더지가 호기심을 억누르지 못하고 물었다.

"차갑게 한 닭고기부터 여러 가지가 들어 있어. 차가운헛바 닥고기요리차가운샌드위치차가운맥주오이샐러드프랑스식롤 빵절인고기진저에일레몬수……."

"그만, 그만……."

두더지가 흥분해서 소리쳤다.

"둘이서 먹기에는 너무 많잖아."

"성말 너무 많나고 생각하니?"

물쥐가 진지한 태도로 물었다.

"나는 보트를 타고 나설 때마다 항상 이렇게 준비해. 이런 나를 두고 모두들 지독하다고 하지만, 준비를 철저히 해야만 마음이 놓이거든."

두더지는 누구한테서 그런 얘기를 들었다는 것인지 궁금하기만 했다. 그러나 그런 것을 생각하기에는 찬란한 햇빛, 반짝이며 부서지는 물보라, 물 흐르는 소리, 그리고 그 냄새에 취한 상태였다. 두더지는 앞발을 물에 담그고 눈을 뜬 채로 꿈을 꾸기 시작했다. 물쥐는 좋은 친구답게 두더지를 전혀 방해하지 않고 조용히 노를 젓기만 했다.

"네 옷이 정말 마음에 드는구나."

30분 정도 흐른 다음 물쥐가 말했다.

"나도 언젠가는 그런 검은 색 정장을 사야겠어. 그럴 만한 여유가 생기는 대로 말이야."

"미안해"

두더지는 겨우 정신을 가다듬으며 말했다.

"나를 정말 무례하다고 생각하겠구나. 하지만 나에겐 이 모든 것이 처음 경험하는 일이야. 그래 ― 이게 ― 강이라는 ― 거구나."

"진짜 강이지."

물쥐가 말했다.

"너는 정말로 강가에 사는 거니? 정말 즐거운 인생이겠다."

24

"강가에서도 살고, 강 위에서도 살고, 물 속에서도 살고, 항상 강과 함께 살지."

물쥐가 말했다.

"강은 나에게 형제 · 자매이고, 친구이고, 음식이고, 음료수이고, 또 당연한 얘기이지만, 씻는 물도 되어 줘. 그러니까 지금까지 가지지 못한 것은 가져야 할 가치가 없는 것이고, 또 지금까지 모르는 것은 알아야만 할 가치는 없는 거야. 오, 우리는 항상 함께 해! 봄 · 여름 · 가을 · 겨울 언제나. 그리고 철따라 각기 다른 즐거움과 매력이 넘치지.

2월에 강물이 흐르기 시작하면 내 식품 저장실과 지하실은 전혀 반갑지 않은 물로 찰랑거리게 돼. 그때에는 갈색 물이 내 침실의 창 밑을 흘러가기도 하는데, 물이 지나간 다음에 보면 창문에 건포도 케이크 냄새가 나는 진흙이 묻어 있기도 해. 그러면 나는 바닥에 빠지지 않고 그 해초 길을 따라 걸어다니며 먹을 것을 찾고, 또 보트를 타고 가다 사람들이 떨어뜨린 것들을 주워 모으기도 해."

"그렇지만 가끔은 단조로운 때도 있을 것 같은데?"

두더지가 조심스럽게 물었다.

"강과 너뿐이라면, 얘기 상대가 없잖아."

"얘기할 상대는 없지……. 그리고 보니, 너에게 심하게 굴면 안 되겠는데."

물쥐가 너그러운 태도로 말했다.

"너는 여기가 처음이라 아무것도 모를 테니까 말이야. 요즘 들어 강둑은 매우 소란스러워. 떼를 지어 시끄럽게 구는 친구들이 많거든. 그렇지만 예전에는 전혀 이렇지 않았어. 수달, 물총새, 흰눈썹뜸부기 등이 하루 종일 상대가 어떻게 하기만을 기다리고 있었거든……. 자신이 해야 할 일이라곤 전혀 없는 것처럼 말이야."

"저 너머에는 뭐가 있니?"

두더지가 앞발로 한쪽 강둑의 풀밭을 테두리처럼 감싸고 있는 숲을 가리켰다.

"저기? 오, 저건 〈자연림〉이야."

물쥐는 간단하게 대답했다.

"우리는 저기에 자주 갈 수 없어. 우리 강둑 주민들은 말이야."

"저기 살고 있는 동물들은 좋은 동물들이 아니니?"

두더지가 매우 조심스럽게 말했다.

"그건 말이지."

물쥐가 대답했다.

"다람쥐는 괜찮아. 토끼도 그렇고. 하지만 토끼들 중에는 골치 아픈 놈들도 있어. 그리고, 에, 오소리가 있고. 그 친구는 자연림의 깊은 곳에서 살아. 다른 곳으로 옮겨 갈 생각은 없나 봐. 어쨌든 좋은 친구야. 그리고 그 친구를 귀찮게 구는 놈들은 없고. 그래, 그 친구를 귀찮게 굴지 않는 것이 좋을 거야."

26

물쥐가 의미심장하게 얘기했다.

"왜? 귀찮게 구는 동물이 있나 보구나?"

두더지가 물었다.

"그래, 자연림에는 다른 동물들도 많거든."

물쥐가 약간 망설이는 것 같은 태도로 말했다.

"족제비, 담비, 여우 그 외에도 많이 있지. 어떻게 보면 모두가 괜찮은 친구들이야. 모두가 내 친구들이기도 하고. 만나기만 하면 시간 가는 줄 모르고 즐겁게 지내거든. 그렇지만 말이지, 그들은 가끔 변덕스러울 때가 있어. 그 점에 대해서는 그들도 변명할 말이 없을 거야. 그리고…… 너도 그 친구들을 믿어서는 안 돼. 그건 분명한 사실이야."

두더지는 앞으로 일어날 가능성이 있는 곤란함만을 곰곰이 생각하거나 회피하는 것은 동물의 예의가 아니라는 사실을 잘 알고 있었다. 그래서 두더지는 얘기의 주제를 바꾸었다.

"그럼 자연림 너머에는 뭐가 있지?"

두더지가 덧붙여 물었다.

"여기서는 어둡게만 보이는 곳 말이야. 언덕인 것 같지만 그렇지 않은지도 모르겠고, 마을에서 피어오르는 연기 같은데, 단지 구름이 움직이는 것뿐일지도 모르겠기에 묻는 거야."

"자연림 너머는 넓은 세상이야."

물쥐가 말했다.

"거기는 니와 나는 아무 상관도 없는 곳이야. 네가 조금이라

도 합리적으로 생각할 줄 아는 동물이라면 다시는 그곳에 대해 애기하지 마. 다 왔다. 여기가 배수지야. 여기서 점심을 먹자."

큰 강에서 옆으로 나온 그들은, 언뜻 보기에는 땅으로 둘러 싸인 연못 같은 곳에 다다랐다. 사방이 초록의 언덕으로 둘러 싸여 있었고, 고요하기만 한 수면 위로는 갈색의 꾸불꾸불한 나무 뿌리가 보였고, 앞에는 수로를 따라 흘러 내려와 거품을 일으키며 떨어지는 물줄기의 힘으로 돌아가는 물레방아가 있 는 집이 보였다. 주위는 온통 평화를 안겨 주는 것처럼 은은하 게 들려오는 물레방아의 삐걱거리는 소리로 채워졌다. 너무도 아름다운 풍경이었기에 두더지는 앞발을 치켜들고 감탄사를 터뜨릴 뿐이었다.

"오, 세상에! 오, 세상에!"

물쥐는 강둑에 보트를 대고 움직이지 않도록 붙잡아 맨 다 음, 아직까지도 겁을 내는 두더지가 보트에서 내려오는 것을 도와 주었다. 그런 다음 점심 바구니를 꺼냈다. 두더지는 물쥐 의 양해를 구한 다음, 자신이 직접 바구니를 풀었다. 그리고 물 쥐는 두더지의 태도에 기쁨을 느끼며 풀밭에 편안한 자세로 앉 았다. 두더지는 식탁보를 펼친 다음 감탄사를 연발하며 순서에 따라 신비롭기만 한 음식물을 하나하나 꺼내 펼쳐 놓았다. 모 든 것이 준비되었을 때 물쥐가 말했다.

"자, 너도 앉아."

두더지는 물쥐의 그 말을 기다리기라도 했던 깃처럼 즐겁게 자리에 앉았다. 아침 일찍부터 봄맞이 대청소를 시작했고, 잠시도 쉬지 않고 열심히 일했었기 때문이었다. 그렇지만 그렇게도 열심히 했던 봄맞이 대청소는 지금 생각해 보면, 며칠 전의, 아주 오래 전의 일인 것처럼 느껴졌다.

"너는 뭘 그렇게 유심히 바라보니?"

너무도 배가 고파 아무런 느낌도 들지 않게 되었을 때, 그리고 두더지의 시선이 한동안 식탁보만을 훑어보는 것을 보았을 때 물쥐가 물었다.

"나는 한 줄로 길게 난."

두더지가 말했다.

"거품을 보고 있어. 줄을 지어 물 위를 떠가는 것만 같은 거품을 말이야. 재미있다는 생각이 드는데."

"거품을? 아!"

물쥐는 유쾌하게 껄껄 웃었다.

강둑의 가장자리에서 크고 번쩍거리는 주둥이가 나타났다. 수달이었다. 그는 물에서 나온 다음 옷에 묻은 물을 털었다.

"욕심꾸러기 같으니라구!"

수달은 주위를 살펴본 다음 음식을 향해 걸어오며 말했다.

"왜 나는 안 불렀지, 물쥐야?"

"이건 예정에 없던 소풍이야."

물쥐가 말했다.

"그건 그렇고, 새로운 친구 두더지를 소개해 줄게."

"만나서 반갑다."

수달은 이렇게 인사했고, 두 동물은 즉시 친구가 되었다.

"온통 소란스럽기만 한데."

수달이 계속 말했다.

"오늘은 모두가 강으로 나온 것 같애. 내가 이 배수지로 온 건 잠깐이라도 조용히 있고 싶어서야. 그런데 너희들을 만난 거야. 이렇게 얘기한다 해서 기분 나빠할 것은 없어. 내 말은 너희들을 만나리라고는 전혀 예상하지 못했었다는 뜻일 뿐이니까."

그들이 울타리 나무들을 지나칠 때 뒤편에서 지난해 떨어지지 않은 나뭇잎들이 살랑거리는 소리가 들려왔다. 그리고 잠시 후에 울타리 너머로 줄무늬 머리가 나타나 그들을 살펴보았다.

"안녕, 오소리야!"

물쥐가 소리쳤다. 오소리는 울타리 틈새로 나와 그들을 돌아본 다음 이렇게 말했다.

"흠, 친구들이군."

오소리는 몸을 돌려 다시 사라지고 말았다.

"저 친구는 항상 저런 식이라니까."

실망스러워하며 물쥐가 말했다.

"다른 동물들과 사귀는 것을 좋아하지 않거든. 이제 오늘은 오소리를 만날 수 없을 거야. 그건 그렇고 오늘 강에 나와 있는 게 누군지 얘기해 주겠니, 수달아?"

"우선 생각나는 건 두꺼비인데."

수달이 대답했다.

"새옷을 입고, 새로 장만한 노 젓는 보트를 타고 나타났더라
니까."

그들 둘은 서로를 보며 웃었다.

"두꺼비가 노 젓는 보트를 타고 나타났다는 것은 또다시 새
로운 일을 벌인다는 뜻인데."

물쥐가 말했다.

"그렇지만 곧 싫증을 내고 럭비를 할 거야. 거의 매일 럭비
공을 차면서도 그건 싫증을 내지 않거든. 지난해에는 주거용
보트를 타고 나타났더라니까. 그 때 우리들 모두는 그 보트에
초대되어 마음에 드는 척하는 고역을 치러야만 했지. 두꺼비는
나머지 일생을 그 보트에서 보낼 것처럼 하더니, 그것도 싫증
이 나서 노 젓는 보트로 바꾼 거야. 두꺼비는 항상 그런 식이
야. 무엇에든지 곧 싫증을 내고 새로운 무엇인가를 시작하는
거야."

"좋은 친구이기는 하지."

수달이 반사적으로 말했다.

"그렇지만 듬직하지 못해. 특히 보트에서는 말이야."

그들은 앉아 있는 곳에서 섬을 사이에 두고 강줄기를 바라보
았다. 바로 그 때 요란한 소리를 내며 노 젓는 보트가 시야에
들어왔다. 그 보트에서 작고 땅딸막한 몸집의 동물이 물을 몹

시 튀기며 매우 열심히 노를 젓고 있었지만, 그 솜씨는 정말 최악이었다. 물쥐는 몸을 일으키고 그를 불렀다. 그러나 두꺼비는 — 그 노 젓는 동물은 다름 아닌 두꺼비였다 — 머리를 저어 보이고 노 젓기를 계속했다.

"저런 식으로 노를 저으면 1분도 못 견디고 보트에서 떨어지고 말 거야."

물쥐는 이렇게 말하며 다시 앉았다.

"그래, 그럴 거야."

수달이 껄껄 웃으며 말했다.

"내가 두꺼비와 갑문지기에 관한 얘기했었니? 두꺼비가 말이지……."

그 때 길을 잃은 하루살이 한 마리가 피가 끓는 젊은 하루살이처럼 미친 듯이 그러나 불안한 모습으로 강물을 가로지르며 날았다. 그러나 다음 순간 갑자기 풍덩 하는 소리가 났고, 그리고 나서 그 하루살이는 보이지 않았다.

수달도 보이지 않았다.

두더지는 옆자리를 돌아보았다. 수달의 목소리는 아직도 그의 귓전에 맴돌고 있었지만, 수달이 앉아 있던 자리는 텅 비어 있었다. 물 속으로 뛰어든 수달의 모습은 어디에서도 찾아볼 수 없었다.

그렇지만 강물의 수면에는 다시 한 줄기의 거품이 나타났다.

그러자 물쥐는 노랫가락을 흥얼거리기 시작했다. 두더지는 무슨 이유가 있든지, 혹은 아무런 이유도 없든지간에 친구가 갑자기 사라진 것에 대해서는 아무런 말도 묻지 않는 것이 동물세계의 예의라는 점을 떠올렸다.

"우리도 말이지."

물쥐가 말했다.

"다른 곳으로 가 봐야 할 것 같은데. 그런데 우리 둘 중 누가 더 바구니를 잘 꾸릴까?"

물쥐는 자신이 그 일을 하고 싶다고는 얘기하지 않았다.

"응, 내가 할게."

두더지가 말했다. 물론 물쥐는 그러라고 했다.

바구니를 꾸리는 것은 푸는 것과는 달리 유쾌한 일이 아니었다. 그러나 두더지는 무슨 일이든지 즐거워했다. 바구니를 꾸리고 끈으로 탄탄하게 묶은 다음에야 풀밭에 떨어진 접시 한 개를 발견하고 처음부터 다시 해야 했지만, 그때도 즐겁게 했다. 그러나 이번에는 물쥐가 풀밭에 숨어 있는 것만 같은 포크 한 개를 가리켰다. 그리고 마지막으로는 그가 모르고 깔고 앉아 있던 겨자통을 보았다. 그래도 그는 전혀 신경질을 내지 않고 마침내 점심 바구니를 완전히 꾸렸다.

오후의 태양이 뉘엿뉘엿 질 때, 물쥐는 싯구를 읊조리며 꿈꾸는 듯한 모습으로 자신의 집을 향하여 능숙한 솜씨로 노를 저었다. 두더지에게는 신경을 쓰지 않는 것 같았다. 그렇지만 점심을 맛있게 먹고 이미 보트에 익숙해진 데 대해 ― 최소한 그는 그렇게 생각했다 — 만족감을 느끼던 두더지는 몸이 근질 거림을 느끼며 조심스럽게 말했다.

"물쥐야, 나도 노를 저어 보고 싶은데. 지금 말이야."

물쥐는 미소를 지으며 머리를 저었다.

"아직은 안 돼, 친구야."

"왜?"

"먼저 배워야 해. 이건 보기와는 달리 쉬운 일이 아니거든."

두더지는 잠시 아무런 말도 못했다. 그러면서도 매우 쉽게 노를 젓는 물쥐에 대한 질투심이 점점 커지는 것을 느꼈다. 그리고 그의 자만심은 자기도 정말 잘 할 수 있다고 속삭이고 있었다. 두더지는 벌떡 일어나 노를 움켜잡았다. 싯구를 읊조리며 강물만 바라보고 노를 젓고 있던 물쥐는 두더지의 갑작스러운 행동에 놀라며 자리에서 밀려나 두 발을 하늘 높이 쳐들고 또다시 나동그라졌다. 의기 양양해진 두더지는 자신감에 넘쳐 물쥐의 자리에 앉아 노를 젓기 시작했다.

"그만둬, 이 바보야!"

보트 바닥에 쓰러진 물쥐가 소리 질렀다.

"너는 아직 노를 저을 수 없어! 보트가 뒤집힌단 말이야!"

두더지는 요란한 모습으로 노를 뒤로 돌렸다. 그런 다음 노를 물 속에 집어넣고 끌어당겼다. 그러나 노는 수면 밖으로 튕겨나오고, 두더지는 두 발이 머리 위로 치켜올라가면서 쓰러져 있던 물쥐의 몸 위로 나동그라지고 말았다. 너무도 장쾌해진

두더지는 보트의 옆구리를 움켜잡았다. 그러나 다음 순간 보트가 뒤집어지며 풍덩 소리와 함께 둘 다 물 속에 빠지고 말았다.

보트에서 떨어진 두더지는 강물 속에서 필사적으로 허우적거렸다.

오 맙소사, 강물이 이렇게 차다니. 온몸이 젖어드는 것 같아. 몸은 점점 깊이 빠져드는데 귀에서는 노랫소리가 들리는 것 같아! 순간적으로 수면 위로 솟아올라 캑캑거리며 허우적거릴 때 느껴지는 따사로운 밝은 햇살! 다시 물 속으로 빠져들 때의 어둠과 절망! 그 때 강하게 느껴지는 앞발이 두더지의 목 뒷덜미를 움켜잡는다. 물쥐이다. 그리고 두더지는 물쥐가 웃고 있음을 느낄 수 있었다. 겨드랑이로, 앞발을 통해, 그리고 그의 목을 통해 느낄 수 있었다.

물쥐는 노를 움켜잡은 다음 그것을 두더지의 겨드랑이에 밀어 넣었다. 그리고 또 한쪽의 노를 잡아 반대편 겨드랑이에 밀어 넣고, 노의 끝을 잡은 다음 수영을 하며 어찌할 줄을 모르는 두더지를 강변을 향해 밀어 주었다. 두더지를 강변으로 밀어 올린 물쥐는 비참하게도 납작하게 축 처진 두더지를 강둑으로 끌어올린 다음 두더지의 배를 눌러 물을 토하게 해준 뒤 이렇게 말했다.

"이제 일어나서 가능한 한 아주 빠르게 길을 따라 왔다갔다 해. 몸이 마르고 열이 날 때까지. 그동안 나는 물 속에 들어가 점심 바구니를 꺼내올 테니까."

겉은 젖어 있고 속은 비참하기만한 두더지는 매우 처량한 마음으로 물쥐가 시킨 대로 몸이 마를 때까지 강둑의 길을 따라 왔다갔다를 반복했다. 그동안 물쥐는 다시 물 속으로 뛰어들어 가 보트를 바로 세워 가장자리로 밀어낸 다음, 물 위에 떠 있는 물건들을 집어 강변으로 올려놓았다. 그리고 마지막으로는 멋진 모습으로 물 속으로 들어가 점심 바구니를 찾아낸 다음, 그것을 가지고 강변으로 올라오려고 몸부림쳤다.

다시 보트를 타고 가기에도 충분할 만큼의 준비가 끝났을 때, 아직도 절뚝거리는 두더지는 비참한 마음으로 뱃고물에 앉아 있다가 미안함에 힘없는 목소리로 말했다.

"물쥐야, 너는 정말로 마음이 넓구나. 고마운 것도 모르고 어리석은 짓을 해서 정말 미안하다. 네 그 아름다운 점심 바구니를 잃어버릴 뻔했다니, 생각만 해도 가슴이 아프다. 정말 나는 어이없는 바보였어. 나를 용서해 주고, 이번 일은 없던 걸로 잊어버리고 다시 처음처럼 지낼 수 있겠니?"

"걱정할 것 없어."

물쥐가 흔쾌히 말했다.

"물쥐가 물에 젖었다 해서 뭐가 문제겠니? 나는 거의 매일 물 속에서 보내는 시간이 더 많은데 말이야. 더 이상 이번 일로 신경 쓰지 마.

그리고 말이지, 나는 정말로 네가 한동안 우리 집에서 나하고 함께 지냈으면 좋겠다고 생각해. 조그맣고 누추한 집이지.

— 두꺼비의 집하고는 전혀 달라. — 참, 너는 아직 두꺼비의 집을 한 번도 보지 못했지?

어쨌든 네가 편안하게 지낼 수 있도록 신경을 써줄게. 그리고 노 젓는 것은 물론이고, 수영도 가르쳐 줄게. 그러면 너는 곧 우리 물쥐들처럼 강물에서도 즐겁게 지낼 수 있게 될 거야."

두더지는 물쥐의 친절한 태도에 감동해 대답할 말을 찾지 못했다. 앞발등으로 흘러내리는 눈물을 닦을 뿐이었다. 그러나 물쥐는 넓은 아량을 보이며 시선을 돌리고 두더지의 그런 모습을 보지 않으려 했다. 그 덕분에 곧 기운을 되찾을 수 있었다. 서로의 더러워진 몸을 바라보며 킬킬거리는 한 쌍의 흰눈썹뜸부기를 보고 웃을 수 있게 되었다.

집에 도착하자, 물쥐는 응접실의 벽난로에 불을 피우고 두더지를 그 바로 앞의 안락 의자에 앉도록 권했다. 그리고 두더지가 입을 잠옷과 슬리퍼를 가져다 준 다음 저녁식사를 할 때까지 강에 대한 얘기를 들려주었다. 해초에 관한 얘기, 갑작스러운 홍수에 관해, 강물 위로 뛰어오르는 창꼬치에 관해, 단단한 병을 던지며 가는 증기선에 관한 — 최소한 증기선이 지나갈 때마다 병이 날아오니, 증기선이 던지는 것이다 — 얘기는 두더지처럼 땅에서만 사는 동물에게는 흥미롭기 그지없는 것들이었다. 그리고 배수지 밑으로 내려가 본 모험담도, 수달과 가 보았던 탐험담도 들려주었다. 그런 다음에 차려진 저녁식사는 너욱 즐거웠다.

그러나 식사를 마친 직후부터 졸려 견딜 수 없게 된 두더지
는 관대한 물쥐에 의해 가장 좋은 침실로 안내되었다. 두더지
는 그 방에서 더할 수 없는 평화로움과 만족감을 느끼며, 그리
고 새로이 사귄 친구인 강이 창틀을 스치고 지나가는 것을 느
끼며 베개를 베고 잠들었다.

　그것은 비슷한 날들의 첫날 밤에 불과했다. 자유로워진 두더
지는 여름이 가까워질수록 하루하루를 더욱 흥미롭고 즐겁게
보냈다. 물 속에 뛰어드는 즐거움도 배우게 되었고, 갈대의 노
랫소리도, 가끔은 항상 그들에게 속삭이는 바람의 속삭임도 들
을 수 있게 되었다.

2. 큰길

"물쥐야."

어느 화창한 여름 날 오전 갑자기 두더지가 말했다.

"괜찮다면, 한 가지 부탁을 해야겠다."

물쥐는 강둑에 앉아 노래를 흥얼거리고 있었다. 물쥐 자신이 방금 작곡을 한 노래였기 때문에 거기에 흠뻑 빠져 있었다. 그래서 두더지뿐만 아니라 다른 그 무엇에도 전혀 신경 쓰지 못했다. 아침 일찍 물쥐는 오리 친구들과 함께 수영을 했었다. 그때 오리들이 원래 그렇듯이 갑자기 머리를 숙여 물 속에 집어넣으면, 물쥐도 물 속으로 뛰어들어가 오리들의 목을 간지럽혔다. 만약 오리에게 턱이 있다면 턱이 붙어 있어야 할 바로 그 부분을, 결국 오리가 견디지 못하고 수면 위로 머리를 들어올

42

리고 화를 내며 그에게 날개짓을 해댈 때까지 간지럽혔다.

　물 속에 머리를 집어넣고 있는 것은 오리에겐 커다란 즐거움이었으니 당연히 화를 냈던 것이다. 마침내 오리들은 물쥐에게 네 일이나 하면서 자신들을 내버려둬 달라고 사정까지 하게 되었다. 그리하여 물쥐는 강둑으로 올라와 햇빛을 받으며 누워서 오리에 관한 노래를 작곡했던 것이다.

오리의 노래

배수지에 무성한 수초들 사이에서
오리들이 철벅거리며 물놀이를 하네.
꼬리를 높이 치켜들고

꼬리를 치켜들고
노란 부리는 물 속에 담그고
노란 다리로 쉬지 않고 철벅거리네.

잉어가 헤엄치는 덤불 속을 헤집고 노네.
우리가 먹을 것을 숨겨 놓는
어둡고 시원하고 풍성한 덤불 속을.

모두가 자기 좋을 대로 한다네.

하고 싶은 대로 한다네.
머리를 숙이고 꼬리를 치켜들고
마음대로 철벅인다네.

파란 하늘 높은 곳에서
칼새가 맴돌며 소리치네.
우리가 간다 '철벅아'
꼬리를 높이 치켜 들어라.

"나는 그 노래가 재미있는 건지 어떤지 전혀 모르겠구나, 물
쥐야."

두더지가 조심스럽게 말했다. 그는 시에 대해서는 아무것도
몰랐고, 또 솔직한 성격이었기에 다른 동물들에게 스스럼없이
그 점을 밝히곤 했다.

"그 점은 오리들도 마찬가지야."

물쥐가 유쾌한 태도로 말했다.

"그들은 이렇게 말하거든. '왜 다른 동물들은 저희들이 원할
때 하고 싶은 대로 하지 못하는지 모르겠더라. 강둑에 앉아 다
른 동물들이 노는 것을 보며 무어라고 중얼거리며 시나 읊조리
니 말이다. 도대체 그게 무슨 바보짓이니?' 라고 말이야."

"그건 그렇기도 하구나."

두더지가 조심스럽게 말했다.

"아냐, 그렇지 않아."

물쥐가 화를 내며 말했다.

"그래, 그럼 그렇지 않다고 하자."

두더지는 위로하듯이 이렇게 대답했다.

"그건 그렇고, 두꺼비에게 나를 데리고 가 소개시켜 주지 않겠느냐고 부탁하려던 참이었어. 두꺼비 얘기를 많이 듣다 보니 한번 만나보고 싶다는 생각이 들었거든."

"그래, 가자."

물쥐는 흔쾌히 대답하고, 노래를 가슴 속에 묻어 버리고 벌떡 일어났다.

"보트를 꺼내자. 그리고 즉시 노를 저어 두꺼비 집으로 가는 거야. 두꺼비는 언제든지 찾아가도 괜찮거든. 아침 일찍이건 밤 늦게건 항상 마찬가지이니까. 항상 좋은 기분으로 누구든지 찾아오면 반가워하고, 간다고 하면 서운해 하는 것이 두꺼비야."

"정말 좋은 동물인가 보구나."

두더지는 이렇게 말하며 보트에 올라타고 노를 잡았다. 물쥐는 후미의 자리에 편안히 앉아 있기만 했다.

"두꺼비는 정말로 동물들 중에서 최고라고 할 수 있지."

물쥐가 말했다.

"단순하고 마음씨 곱고 또 정이 많아. 영리하지 않은지도 모르지만. 하지만 우리 모두가 천재일 수는 없는 것 아냐. 그리고

46

그는 거만하고, 허풍이 심한 일면이 있기는 해. 그렇지만 좋은 점도 많아. 어쨌든 오늘 직접 확인해 봐."

강의 구부러진 곳을 돌아서자 붉은 벽돌로 멋들어지게 건축된 오래된 위풍당당한 저택이 나타났다. 잘 가꾸어진 넓은 잔디밭은 강가에까지 펼쳐져 있었다.

"여기가 두꺼비의 집 〈토드 홀〉이야."

물쥐가 말했다.

"선착장은 왼쪽의 '사유지. 보트를 대지 마시오.'라고 쓰인 팻말을 따라가면 나오는 보트 창고야. 거기에 우리 보트를 대면 돼. 그곳의 오른쪽에 마구간이 있고, 대연회장도 거기에 있어. 저기 보이지? 유서 깊은 곳이지. 두꺼비는 대단한 부호야. 그리고 이 토드 홀은 이 근처에선 제일 좋은 저택이고. 비록 두꺼비 앞에서는 그런 얘기를 하지 않지만 말이야."

그들은 강기슭을 거슬러 올라갔고, 두더지는 보트 창고에 들어서자 노를 내려놓았다. 보트 창고에는 대들보에 묶여 있거나, 경사로에 올려놓은 보트가 여러 척 있었다. 그러나 물 위에 떠 있는 보트는 없었고, 그 곳은 오랫동안 사용하지 않은 것만 같았다.

물쥐가 주위를 둘러본 다음 입을 열었다.

"알 만하다."

그가 말했다.

"보트는 끝난 거야. 싫증이 난 거시. 항상 이런 식이거든. 그

48

러면 새로운 취미에 몰두하고 있을 텐데, 무엇에 파묻혔는지 궁금한데. 조금만 있으면 알게 돼."

그들은 보트에서 내려 활짝 핀 꽃밭과 잔디밭을 걸어가며 두꺼비를 찾았다. 오래지 않아 무엇인가를 골똘히 생각하는 모습으로 등나무 정원의자에 앉아 있는 두꺼비를 볼 수 있었다. 그의 무릎에는 커다란 지도가 펼쳐져 있었다.

"만세!"

그들을 보자 두꺼비가 벌떡 일어나며 소리쳤다.

"이거 정말 반가운데."

그는 진정으로 반가워하는 태도로 그들의 손을 잡고 흔들었다. 두더지를 소개할 여유도 주지 않았다.

"정말 잘들 왔다."

두꺼비는 그들 주위를 맴돌며 계속 소리쳤다.

"방금 강둑으로 누구든 보내서 너를 데려오라고 시키려던 참이었어. 네가 무엇을 하고 있든지 즉시 데려오라고 말이야. 네가 꼭 필요하거든. 너희 둘 모두 말이야. 들어와서 뭘 좀 먹으렴! 너희들이 얼마나 운이 좋은지 모를 거야. 바로 지금 나타나다니 말이야."

"앉아서 숨이라도 돌린 다음에 얘기하자."

물쥐가 안락 의자에 몸을 던지며 말했다. 두더지도 물쥐 옆의 안락 의자에 앉으며, 교양 있게 두꺼비의 화려한 저택에 대한 칭찬의 말을 늘어놓았다.

"이 강을 따라 어디를 가 봐도 이보다 더 좋은 집은 없지."

두꺼비가 호기롭게 말했다.

"어쩌면 이 세상 어디를 가도 마찬가지일 거야."

그는 이렇게 덧붙여 말하지 않을 수 없었다.

물쥐가 그것 보라는 듯이 두더지의 옆구리를 쿡 찔렀다. 불행하게도 두꺼비가 물쥐의 그런 태도를 보았다. 그리고 얼굴을 붉혔다. 잠시 어색한 정적이 흘렀다. 그러나 두꺼비는 곧 웃음을 터뜨렸다.

"좋아, 좋아, 물쥐야."

두꺼비가 말했다.

"너도 잘 아는 것처럼, 나는 항상 이런 식이잖아. 게다가 이 집은 사실 대단히 아름다운 저택이기도 하고 말이야. 너도 이 집을 별것 아니라고는 할 수 없잖아. 어쨌든 그런 얘기는 집어치우고, 중요한 얘기를 하자. 너희들은 내가 필요로 하던 동물들이야. 나를 좀 도와 줘야겠어. 대단히 중요한 일이거든."

"노 젓는 법을 배우려고 하는 거니?"

물쥐가 짐짓 순진한 척하며 물었다.

"너는 헛손질을 많이 하기는 하지만, 상당히 잘 젓잖아. 네가 조금만 인내심을 발휘해 코치를 받으면, 곧 최고로 노를 잘 젓는 동물이 될 수 있을 거야."

"쳇, 노 젓기라고?"

두꺼비가 혐오스럽다는 듯한 표정을 지으며 물쥐의 얘기를 잘랐다.

"그건 어리석은 애들 장난이야. 나는 노 젓기는 오래 전에 손을 뗐어. 그건 시간 낭비일 뿐이잖아. 그런 점을 잘 알고 있을 너희들이 아직도 보트에만 매달려서 힘을 낭비한다면, 나는 뭐라고 해야 할지 모르겠구나. 어쨌든 말이야, 나는 진짜를 발견했어. 일생을 바칠 만한 유일한 일을 말이야. 나는 그 일에 내 인생의 나머지를 바치려고 해. 사소한 일들에 인생을 허비했다는 사실을 생각하면 너무도 후회스러워. 함께하자, 물쥐야. 네 친구도 특별히 다른 생각이 없다면 함께 가자. 마구간까지만 말이야. 그러면 내가 무슨 얘기를 하려는 건지 알 수 있을 거야."

두꺼비는 얘기한 대로 그들을 마구간으로 인도했고, 물쥐는 매우 못미더워하는 표정으로 그의 뒤를 따랐다. 그곳의 마차 보관소는 문이 활짝 열려 있었고, 그들은 집시 포장마차를 볼 수 있었다. 새로 만들어 번쩍거리는 그 마차의 바퀴는 빨간색이고, 몸체는 노란색으로 페인트칠되어 있었으며, 초록색 장식이 들어 있어 더욱 노랗게 보였다.

"자, 이거야!"

두꺼비가 다리를 벌리고 당당하게 서서 말했다.

"마차를 타고 너희들의 진짜 인생을 구체화하는 거야. 큰길, 먼지가 이는 고속도로, 황무지, 공원, 관목 숲을 누비며 달리는 거야! 야영지, 마을, 읍내, 도시! 오늘은 여기에서, 내일은 또

다른 어디엔가에서! 여행, 변화, 흥미, 흥분! 온 세상이 너희들 앞에 펼쳐져 있지. 풍경은 끊임없이 바뀌고 말이야! 그리고 이 마차는 이제까지 만든 마차들 중에서 최고품이야. 이보다 더 좋은 마차는 절대로 없어. 안으로 들어가서 살펴봐. 내가 직접 설계한 내부를 말이야!"

두더지는 대단한 흥미를 느끼며 흥분해 두꺼비를 따라 발판을 짚고 안으로 들어가 실내를 둘러보았다. 그러나 물쥐는 코웃음을 치며 주머니에 손을 찔러넣고 그 자리에 그대로 서 있기만 했다.

실제로 내부는 매우 아담하고 편안하게 꾸며져 있었다. 조그만 간이 침대들, 사용하지 않을 때는 접어서 벽에 붙이도록 되어 있는 테이블, 조리용 스토브, 서가, 새 한 마리가 들어 있는 새장, 냉장고, 냄비, 프라이 팬, 물통, 그리고 각종 주전자 등등 필요한 모든 것이 갖추어져 있었다.

"모든 것이 다 있어."

두꺼비는 의기양양해서 냉장고의 문을 열었다.

"자, 비스킷, 조리된 새우, 정어리…… 너희들이 필요로 하는 것은 다 준비되어 있어. 소다수, 담배, 편지지, 햄, 잼, 그리고 카드와 도미노 게임까지 준비되어 있다구!"

그는 발판을 내려오면서도 계속 자랑을 늘어놓았다.

"우리가 오늘 오후 여행을 시작하기에 빈틈이 없도록 준비한 거야."

52

"무슨 말이지?"

물쥐가 밀짚을 씹으며 천천히 말했다.

"너 방금 '우리' '여행' '시작' '오늘 오후' 등등의 얘기를 했던 것 같은데, 정확하게 무슨 얘기지?"

"오, 물쥐야, 갑자기 왜 이러니."

두꺼비가 간청하는 듯한 태도로 말했다.

"그렇게 딱딱하고 비웃는 듯한 태도로 얘기하니까 이상하잖아. 너도 함께 가야만 한다는 사실을 잘 알면서 말이야. 나는 네가 없이는 어떻게 해볼 수가 없어. 그러니 제발 결정된 걸로 하고, 논쟁을 벌이지는 말자. 논쟁을 벌이는 것은 딱 질색이니까. 너도 단조롭고 지겹기만 한 강둑 생활에 네 인생 전부를 바칠 것은 아니잖아. 평생을 강둑의 구멍에서 살고 겨우 보트나 타면서 살 거야? 나는 너에게 이 세상을 보여주고 싶은 거야. 나는 너를 동물답게 살도록 해주려는 거라구, 친구야."

"나는 관심 없어."

물쥐가 완강하게 말했다.

"나는 가지 않겠어. 다정한 강으로 돌아가 이제까지와 마찬가지로 구멍 속에서 살며 보트나 탈 거야. 내 마음은 결정되었어. 그리고 두더지도 나와 함께 돌아가 언제나 나와 함께할 거야. 그렇지 두더지야?"

"물론이지."

두더지가 충직하게 말했다.

"나는 항상 너와 함께할게. 네가 하라는 대로 하면서 말이야. 그게 좋잖아. 지금까지도 재미있게 살고 있었잖아."

두더지가 생각에 잠겨 말했다.

가련한 두더지! 일생의 모험은 그에겐 너무도 새로운 것이었다. 숨막히도록 전율이 일었다. 모험에 대한 생생한 전망은 너무나 유혹적이었다. 두더지는 샛노란색의 마차와 내부 장치를 처음 보는 순간 반해 버렸다.

물쥐는 두더지가 어떤 상태인지를 깨달으며 갈등을 느꼈다. 물쥐는 상대를 실망시키는 것을 싫어하는 동물이었다. 그리고 물쥐는 두더지를 좋아했기에, 두더지가 좋아하는 일이라면 거의 무엇이든지 할 각오가 되어 있었다. 두꺼비는 그들 둘을 뚫어지게 바라보았다.

"들어가서 점심식사를 하자."

두꺼비가 교활하게 말했다.

"그때 다시 얘기해 보는 거야. 무슨 일이든지 성급하게 결정할 필요는 없는 거잖아. 물론 나는 너희들이 어떻게 결정하든 개의치 않아. 나는 다만 너희들에게 기쁨을 주려는 거니까. '다른 사람을 위해 살아라!' 그것이 내 인생 철학이거든."

점심식사를 하면서 — 토드 홀에서의 모든 것이 항상 그렇듯 대단히 훌륭한 식사였다 — 두꺼비는 자신의 생각을 마음껏 펼쳤다. 물쥐는 무시한 채 그가 어떤 동물인지를 잘 모르는 두더지에게만 집중적으로 얘기했다.

54

선천적으로 유창한 말솜씨를 타고났으며, 항상 자신의 상상력에 쉽사리 빨려들어가는 두꺼비는 여행의 전망과 열린 인생의 기쁨, 그리고 변화하는 풍경에 대해 열변을 토했다. 두더지가 흥분하여 자리에서 들썩들썩할 정도로 솜씨있게 얘기를 늘어놓았다.

어떻게 된 일인지 얼마 지나지 않아서부터 그들 셋은 모두가 여행을 결정된 사항으로 받아들이게 되었다. 그리고 아직 마음에 확신이 없는 물쥐도 착한 천성 때문에 강한 반대 의견을 내지 못했다. 물쥐는 이미 기대감에 차 작전을 세우고, 앞으로 며칠 동안에 걸쳐 하루하루 해야 할 일들을 계획하는 두 친구를 실망시킬 수 없었던 것이다.

그들이 완전히 준비를 마쳤을 때, 의기 양양해진 두꺼비는 두 친구를 목장으로 안내해 늙은 회색 말을 잡아오게 했다. 아무런 얘기도 듣지 못했던 그 회색 말은 이번의 탐험에서 자신이 맡아야 하는 의무에 대한 설명을 들으며 몹시 짜증스러워했다. 솔직히 말해 늙은 회색 말은 초원에서 풀이나 뜯어먹으며 지내는 생활이 훨씬 좋았다.

어쨌든 두꺼비는 냉장고에 더 많은 식품을 채우고, 말의 목에 걸어 줄 꼴자루와 건초더미도 준비했다. 마침내 말을 붙잡아 마구를 씌울 수 있었다. 그리고 곧 출발했다.

그러나 세 마리의 동물은 말이 기분이 좋아질 때까지 마차를 따라 걷거나, 마차 옆에 걸터앉아야만 했다. 어쨌든 니무도 좋

은 오후였다. 그들의 발밑에서 피어오르는 먼지의 냄새도 풍요
롭고 만족스럽기만 했다. 새들은 그들을 보자 즐겁게 노래하고
휘파람을 불었다. 그들을 지나치며 '좋은 여행을' 이라고 인사
를 하거나, 그들의 아름다운 마차에 대해 평을 해주었다. 그리
고 울타리 나무 사이의 집 현관에 앉아 있던 토끼들은 앞발을
치켜들고 감탄을 금치 못했다.

"와, 세상에……."

저녁 늦게 집에서 몇 마일 떨어진 곳까지 온 그들은, 피곤하
지만 즐거운 기분으로 주거지와는 먼 외딴 공원에 들어섰다.
그리고 풀을 뜯어먹도록 말을 풀어준 그들은 마차 옆의 풀밭에
앉아 간단한 저녁식사를 했다.

두꺼비는 앞으로 자신이 할 일들에 대해 장황하게 얘기를 늘
어놓았고, 그러는 동안 하늘의 별들은 점점 밝게 반짝이며 하
늘을 수놓기 시작했다. 특별히 어디에서라고 할 것도 없이 나
타난 달은 그들을 비추며 그들의 친구가 되어 얘기를 들어주었
다. 마침내 모두들 마차 안의 간이침대에 누웠고, 두꺼비는 졸
려 하며 밤인사를 했다.

"모두들 잘 자. 이것이 신사에게 합당한 진짜 인생이야. 강
에서의 인생은 얘기하지도 마."

"나는 강에서의 인생을 얘기하고 싶은 생각이 없어."

인내심 많은 물쥐가 대답했다.

"내가 그렇게 하지 않으리라는 것은 너도 잘 알잖아, 두꺼비

야. 그렇지만 생각은 하겠어."

물쥐가 힘없이 나지막한 목소리로 덧붙여 말했다.

"항상 생각하겠어."

두더지는 담요 밑으로 팔을 뻗어 어둠 속에서 물쥐의 앞발을 잡고 꼭 쥐어 주었다.

"나는 네가 원한다면 무엇이든지 할게, 물쥐야."

두더지가 속삭였다.

"내일 아침 함께 돌아갈 수도 있어. 아침 일찍, 강둑의 그리운 네 집으로 돌아갈래?"

"아냐, 아냐. 두꺼비가 어떻게 하는지 함께 지켜보자구."

물쥐가 속삭였다.

"네 말은 정말 고마워. 하지만 나는 이 여행이 끝날 때까지 두꺼비와 함께해 주어야만 해. 두꺼비 혼자만 남겨두면 위험할지도 모르잖아. 어쨌든 오래 기다리지 않아도 될 거야. 두꺼비의 취미는 오래 간 적이 없거든."

여행의 끝은 물쥐가 예상한 것보다도 가까이에 있었다.

흥분한 상태로 낯선 길을 여행했기 때문인지 두꺼비는 너무도 깊이 잠들어 다음날 아침 아무리 흔들어도 일어나지 않았다. 그래서 두더지와 물쥐는 조용히 돌아서서 신사답게 스스로 해야 할 일을 시작했다. 물쥐가 말에게 꼴을 주고, 지난 저녁의 설거지를 한 다음 불을 피우고 아침식사를 준비하는 동안, 두더지는 상당히 멀리 떨어진 마을에 가서 우유와 계란 등 여러 가지 필요한 것들을 사왔다. 두꺼비는 필요한 것은 다 준비했다고 큰소리를 치긴 했지만 잊고 온 것이 있었던 것이다.

힘든 일을 모두 마치고 두 동물이 앉아서 쉴 때에야 두꺼비가 나타났다. 그리고 피로가 풀려 산뜻해진 두꺼비는 신경 쓰이는 모든 일과 집을 지켜야 하는 피곤한 일을 모두 남겨두고 떠나온 지금의 인생이 즐겁기만 하지 않느냐고 물었다.

좁은 오솔길을 따라 내려오는 그날의 여행은 그들 모두에게 즐겁기만 했다. 그리고 전날과 마찬가지로 공원에서 야영을 했다. 다만 이번에는 두더지와 물쥐가 두꺼비에게도 합당한 몫의 일을 시켰다는 것이 달랐을 뿐이다. 그 결과, 그 다음날 아침 두꺼비는 전날과는 달리 자연 속에서의 단순한 삶에 대해 열광적인 태도를 보이지는 않았다. 그리고 계속 침대에 누워 있으려고 했지만, 그때마다 억지로 끌려나와야 했다.

전날과 마찬가지로 그들은 들판 사이의 좁은 길을 따라 계속 나아가야 했다. 그러나 오후가 되기도 전에 큰길을 만나게 되었다. 그들로서는 처음으로 대하는 큰길이었다. 그리고 거기에서 예상치 못했던 재앙이 그들을 엄습했다. 여행을 시작한 후 처음으로 마주친 재앙, 풍부한 경험을 쌓은 두꺼비마저도 압도당하고 마는 그런 재앙이었다.

그들은 큰길을 아무런 문제도 없이 여행을 계속했다. 두더지는 말의 옆에 서서 말과 얘기를 하며 걸었다. 말이 자신에게 신경을 써주는 동물이 아무도 없어 너무 외롭다는 불평을 늘어놓았기 때문이었다.

두꺼비와 물쥐는 마차의 뒤를 따라 걸어오며 얘기를 나누었다. 아니, 얘기를 하는 것은 두꺼비였고, 물쥐는 가끔 '그랬구나, 그래서 너는 어떻게 했는데?' 라는 식으로 대꾸할 뿐이었다. 두 동물은 처음부터 각기 다른 생각을 하고 있었기에 대화가 되지 않았던 것이다.

그러던 중에 경고음 같은 소리가 희미하게 들려왔다. 붕붕거리며 벌이 나는 소리 같기도 했다. 뒤를 돌아보니 가운데에 검은 물체가 있고, 그 주위로 먼지가 이는 광경이 조그맣게 보였다. 그리고 놀라울 정도로 빠르게 그들을 향해 가까이 왔다. 고통스러워하는 동물의 울음소리 같은 부르릉부르릉 소리도 점점 크게 들려왔다. 그렇지만 그들은 그 광경을 계속 지켜보고 있을 수만은 없어 몸을 돌리고 얘기를 계속했다.

순간적으로 — 최소한 그들에게는 그렇게 느껴졌다 — 평화

롭기만 하던 풍경이 깨지고 말았다. 요란한 소리와 함께 한순간에 바람이 일어 그들은 펄쩍 뛰어 뒤로 피하고 말았다. 그것이 그들을 향해 달려왔던 것이다!

'부릉부릉' 그들은 귓전에 울리는 그 금속성 울음소리를 들으며, 순간적으로나마 번쩍거리는 금속과 판유리로 이루어진 장엄한 자동차의 내부를 흘긋 볼 수 있었다. 고급 가죽의자에 앉아 긴장한 모습으로 핸들을 잡고 있는 운전수의 모습도 숨을 죽이고 바라보았다. 온 세상을 잡고 있는 듯한 모습이었다. 그리고 바로 다음 순간 그들은 먼지를 뒤집어써야 했고, 자동차는 순간적으로 멀어지고, 또다시 벌이 붕붕거리며 멀리서 나는 것만 같은 소리만 들려올 뿐이었다.

늙은 회색 말은 울타리를 따라 꿈꾸듯이 걸었다. 전혀 예상할 수 없었던 놀라운 광경을 본 충격으로 인해 그의 자연스러운 감정을 깨끗이 포기해야만 했던 것이다. 두더지가 그의 얼굴 바로 옆에 붙어 서서 노력했음에도, 그는 머리를 숙였다가 갑자기 치켜들고 히힝거렸다. 그리고 뒷걸음질 쳤다. 두더지는 그를 안정시키려고 무진 애를 썼지만, 회색말은 길 가장자리의 큰 웅덩이를 향해 마차를 뒤로 밀었다. 순간적으로 마차가 흔들렸다. 그리고 그 뒤를 이어 가슴이 찢어지는 듯한 요란한 소리와 함께 노란색의 마차는, 그들의 자부심과 기쁨이던 그 마차는 웅덩이에 빠지고 말았고, 그들의 힘으로는 끌어낼 수 없는 상태가 되었다.

물쥐는 제정신을 잃고 팔딱팔딱 뛰었다.

"야, 이 악당아!"

그가 앞발을 휘두르며 소리쳤다.

"이 지저분한 악당아! 더러운 깡패야! 네놈을 신고하겠어! 고발하겠다구! 네놈을 재판정으로 끌고 가겠다구!"

집을 그리워하던 생각은 깨끗이 잊혀졌다. 그리고 강둑에 너무 가까이 지나가 그의 집 응접실 카펫을 물에 적시게 한 증기선 선장에게 퍼붓던 욕을 떠올리려 했다.

두꺼비는 길 한복판에 다리를 쭉 뻗고 앉아 멍하니 자동차가 사라진 방향을 보고 있었다. 그러나 가쁜 숨을 몰아쉬는 그의 얼굴에는 만족스러워하는 표정이 떠올라 있었다. 그리고 가끔 희미하게나마 이렇게 중얼거렸다.

"부릉부르릉!"

두더지는 말을 진정시키느라 무진 애를 썼다. 그 덕분에 한참 후에는 말을 진정시키는 데 성공할 수 있었다. 그 회색 말이 마침내 제정신을 찾자, 웅덩이에 빠진 마차를 살펴보았다. 진실로 비극적인 장면이었다. 판자와 창문은 부서지고, 차축은 절망적인 상태로 휘어지고, 한쪽 바퀴는 날아갔고, 정어리 통조림은 넓은 길에 흩어져 뒹굴었다. 그리고 새장 속의 새는 나가게 해달라고 소리치며 애처롭게 흐느꼈다.

물쥐가 그를 도우러 왔다. 그러나 그들 둘이 힘을 모아 마차를 끌어내려 했시만 어림도 없었다.

"야, 두꺼비."

그들이 소리 질렀다.

"너도 와서 좀 도와 줘!"

두꺼비는 대답하지 않았다. 도로에 퍼져 앉은 그대로 꼼짝도 하지 않았다. 그래서 그들은 무엇이 잘못되었는지 보려고 두꺼비에게로 갔다. 그들은 두꺼비가 마법에 걸린 상태임을 알 수 있었다. 두꺼비의 얼굴에는 행복에 취한 듯한 미소가 떠올라 있었고, 그의 두 눈은 그들을 파괴하고 먼지를 일으키며 지나가 버린 자동차가 사라진 방향만을 보고 있었다. 그리고 아직까지도 가끔 두꺼비가 중얼거리는 소리를 들을 수 있었다.

"부릉부르릉!"

물쥐가 두꺼비의 어깨를 잡고 흔들었다.

"우리를 도와 주어야겠다."

물쥐가 근엄하게 요구했다.

"영광스럽고, 흥분되는 광경이었어!"

두꺼비는 전혀 움직이려 하지 않으며 이렇게 중얼거렸다.

"그 매끄러운 움직임! 진정한 여행 수단이야! 오늘은 여기에서 ― 내일은, 다음 주에는! 마을을 스치고 지나가고, 읍내와 도시를 뛰어넘는다 ― 지평선은 끊임없이 바뀌고……. 더없는 기쁨이여! 부릉부르릉! 오, 세상에!"

"바보 같은 소리 그만해!"

두더지가 절망적으로 소리 질렀다.

64

"여태까지 전혀 모르고 있었다니⋯⋯."

두꺼비가 계속 꿈꾸는 듯한 목소리로 중얼거렸다.

"이제까지의 나날은 모두 헛된 날이었어. 나는 전혀 몰랐어. 꿈꾸지도 못했어. 그렇지만 이제는 알게 되었어. 명확하게 알게 되었어. 오, 이제부터의 내 앞길은 온통 꽃길이구나! 내가 신나게 마구 달리면, 내 뒤로는 먼지 구름이 이는구나! 나의 새로운 출발을 위해 마차 따위는 웅덩이에 던져 버리겠어! 보잘것없는 지저분한 마차 따위는 얼마든지 버리겠어!"

"저 친구를 어떻게 해야 하지?"

두더지가 물쥐에게 물었다.

"내버려둘 수밖에 없어."

물쥐가 대답했다.

"어떻게 해보든 아무런 소용도 없을 테니 말이야. 저 친구를 오래 전부터 알고 있기에 하는 말이야. 지금 저 친구는 사로잡힌 상태야. 새로이 몰두할 것을 찾은 거지. 항상 이런 식이야. 지금이 첫번째 단계야. 마치 행복한 꿈을 꾸고 있는 동물처럼 말이야. 실질적인 일은 안중에도 없는 거야. 저 친구를 걱정할 것은 없어. 그저 내버려두고, 우리는 마차를 어떻게 해야 할 건지나 알아보는 거야."

자세히 살펴본 결과, 그들이 마차를 바로 세워 웅덩이에서 끌어내는 데 성공한다 할지라도 더 이상 마차를 타고 여행할 수는 없다는 결론에 도달했다. 차축은 형편없는 상태였고 닐아가 버린 바퀴는 산산조각이 나서 흩어져 있었다.

물쥐는 말의 고삐를 말 등에 올려 묶어 놓고, 한 손으로는 새장을 들고, 히스테리컬해진 새는 다른 손에 올려놓았다.

"가자!"

물쥐가 냉혹한 태도로 두더지에게 말했다.

"가까운 마을까지는 5마일 혹은 6마일 정도고, 걷는 수밖에는 없어. 빨리 출발할수록 좋아."

"두꺼비는 어떻게 하고?"

걷기 시작하며 두더지가 걱정스러운 듯이 물쥐에게 물었다.

"저대로 내버려둘 수는 없잖아. 멍한 상태로 길 한복판에 주저앉아 가끔 헛소리를 중얼거릴 뿐이니, 위험할지도 모르잖아. 또다른 차가 나타날지도 모른다는 점을 생각해 봐."

"에이, 귀찮아."

물쥐가 신경질을 내며 말했다.

"나는 저 친구하고는 끝이야!"

어쨌든 그들이 그리 멀리까지 가지도 못했을 때, 뒤편에서 그들을 쫓아오는 발자국 소리가 들려왔다. 두꺼비였다. 두꺼비는 그들하고 나란히 서게 되자 가운데로 파고들어 그들의 팔짱을 꼈다. 그렇지만 아직도 숨을 몰아쉬고, 눈은 멍한 상태 그대로였다.

"이것 봐, 두꺼비야."

물쥐가 날카롭게 말했다.

66

"마을에 닿는 즉시 너는 바로 경찰서로 가는 거야. 그 자동차가 누구의 것인지를 물어보고, 그 자동차 때문에 사고를 당했다고 신고하는 거야. 그 다음에는 대장간이나 바퀴 수리소에 가서 마차를 끌어내어 수리할 수 있는지 알아보고. 완전하게 고치려면 상당한 시간이 필요할 거야. 하지만 그렇게까지 형편없이 망가지지는 않았으니 고칠 수는 있어. 그리고 두더지하고 나는 여관으로 가서 마차가 수리될 때까지 우리가 편히 묵을 수 있을 만한 방이 있는지 알아보겠어. 그리고 너는 정신적인 충격에서 벗어날 수 있는 방법을 찾아야만 해."

"경찰서! 신고!"

두꺼비가 꿈꾸듯이 중얼거렸다.

"나에게 더없는 행복을 안겨준 그 자동차를 신고하라고? 마차를 수리하라고? 그 마차하고 나하고는 끝이야. 나는 두 번 다시 마차 따위는 쳐다보지도 않겠어. 그 소리도 듣지 않겠어. 오, 물쥐, 네가 이 여행에 동행해 준 데 대해 내가 얼마나 고마워하는지 너는 모를 거야. 네가 아니었더라면, 나는 이 여행을 시작하지도 않았을 거야. 그랬으면 그 영광의 햇살을 보지도 못했고, 그 천둥소리를 듣지도 못했을 거야. 그 매혹적인 냄새도 맡지 못했을 거야. 이 모두가 너희들 덕분이야, 내 좋은 친구들 덕분이라구!"

물쥐는 절망적인 마음으로 두꺼비에게서 시선을 돌렸다.

"들었지!"

물쥐는 두꺼비의 머리 너머로 두더지를 바라보며 얘기했다.

"이 친구는 절망적인 상태야. 나는 포기했어. 우리는 마을에 도착하는 즉시 기차역으로 가 보는 거야. 운이 좋으면 기차를 타고 오늘 밤에 강둑으로 돌아갈 수 있을 거야. 두 번 다시 이 짜증스러운 동물하고 무슨 일이든 같이 하나 봐라."

물쥐는 코웃음을 쳤다. 그리고 가까운 마을을 향해 힘없이 걷는 동안 물쥐는 오직 두더지하고만 얘기했다.

마을에 도착했을 때 그들은 바로 기차역을 찾아가 두꺼비를 2급 대합실에 밀어넣고, 짐꾼 한 명에게 2펜스를 쥐어 주고 그를 잘 감시해 달라고 부탁했다. 그 다음에는 여관의 마구간으로 가 주인에게 그들의 마차를 끌어내 수리하고, 그 안에 실려 있는 것들을 지켜달라고 부탁했다. 그리고 마지막으로 기차를 타고 〈토드 홀〉과 가까운 역에서 내렸다.

그들은 꿈꾸며 걷는 두꺼비를 그의 집으로 데리고 가 문을 열고 안으로 밀어넣고, 가정부에게 뭘 좀 먹이고, 옷을 갈아입힌 다음에 재우라고 지시했다. 그런 다음 보트 창고로 가 그들의 보트를 타고 노를 저어 강둑의 집으로 향했다. 밤 늦게 아늑한 응접실에 앉아 저녁식사를 할 때에야 물쥐는 온몸의 긴장이 풀어짐을 느꼈다.

그 다음날 저녁 늦게서야 일어나 편안히 하루를 보낸 두더지가 강둑에 앉아 낚시를 하고 있을 때, 친구들을 만나 이런저런 얘기를 나누고 온 물쥐가 어슬렁어슬렁 걸어왔다.

"너 소식 들었니?"
물쥐가 말했다.
"어디를 가든 단 한 가지 얘기밖에 들을 수가 없었어. 두꺼
비가 아침 일찍 떠나는 기차를 타고 마을로 가서 크고 매우 비
싼 자동차를 주문했다는 거야."

3. 자연림

두더지는 오래 전부터 오소리와 만날 수 있기를 희망했다. 어느 모로 보나 오소리는 대단히 중요한 인물임에 분명했고, 직접 나타나는 경우는 드물었지만, 항상 주위의 동물들에게 영향력을 행사하는 것처럼 느껴졌기 때문이다. 그러나 두더지가 물쥐에게 자신의 그러한 희망을 얘기할 때마다 항상 기다리라는 대답만을 들어야 했다.

"오소리를 만나고 싶다는 것이 나쁜 생각은 아니야."

물쥐는 이렇게 대답하곤 했었던 것이다.

"곧 오소리가 찾아올 거야. 그는 항상 예기치 않을 때 불쑥 불쑥 찾아오거든. 그러면 너를 소개해 줄게. 최고로 좋은 동물이지. 하지만 오소리를 찾아다녀서는 안 돼. 기다리고 있으면

언젠가는 만나게 될 테니까."

"네가 오소리를 초대하면 안 되니? 만찬이나 뭐 그런 걸 준비하고 말이야."

"그렇게 초대하면 오지 않을 거야."

물쥐가 단호하게 대답했다.

"오소리는 격식 차린 모임을 좋아하지 않거든. 초대니 만찬이니 하는 그런 것들 모두 말이야."

"그러면 우리가 찾아가는 것은 어떨까?"

두더지가 제안했다.

"오, 그러는 것도 좋아하지 않을 거야. 그건 틀림없어."

물쥐는 깜짝 놀라서 대답했다.

"오소리는 수줍음이 많아서 분명히 불쾌해 할 거야. 나는 그를 아주 잘 알지만, 나조차 오소리의 집에 불쑥 찾아간다는 생각은 감히 해본 적도 없어. 게다가 우리는 오소리를 찾아갈 수가 없어. 그건 생각해 볼 필요도 없는 얘기야. 오소리는 자연림의 한가운데 살고 있거든."

"오소리가 자연림 한가운데 산다 해도."

두더지가 말했다.

"너는 자연림을 잘 안다고 했잖아."

"응, 그건 그래. 잘 알아."

물쥐는 분명하지 않은 태도로 대답했다.

"그렇지만 나는 지금도 거기에 가지 않는 것이 좋다고 생각해. 아직은 말이야. 오소리가 사는 곳까지는 굉장히 멀고, 또 매년 이맘 때쯤이면 집에 있지도 않을 거야. 네가 조용히 기다리고만 있으면 오소리가 찾아올 거야."

두더지는 그 정도로 만족해야만 했다. 오소리는 나타나지 않았으나 매일매일이 즐거웠다. 여름이 지나간 지 오래된 때여서 춥고 서리가 내리며, 웅덩이는 진창으로 변해 그들은 오랜 시간을 집안에서만 보내야 했다. 물이 불은 강물은 그들의 집 창문 바로 밑을 빠른 속도로 흘러가며 보트 타기를 위협했다. 두더지는 자연림 깊숙한 곳에서 홀로 사는 회색 오소리를 만나고 싶다는 생각이 끈덕지게도 머릿속에서 지워지지 않았다.

겨울이 되자 물쥐는 아침이면 늦게 일어나고, 저녁에는 일찍 잠자리에 드는 식으로 잠을 자는 시간이 많아졌다. 짧은 낮시간 동안에는 시를 긁적거리거나, 혹은 잡다한 집안일을 처리했다. 물론 잡담을 나누려고 찾아오는 친구들은 많았다. 그리고 그들이 찾아오면 할 얘기는 풍부했다. 서로가 지난 여름의 일들을 얘기하고 비교하며 즐거워했던 것이다.

누구든 지난 여름을 회상한다는 것은 얼마나 즐거운 일인가! 화려하게 채색된 수많은 그림들이 눈앞을 스치고 지나가지 않는가! 강둑의 장관(壯觀)은 각각의 꽃이 화려하게 이어지며 장엄한 행진을 계속하는 모양 속에 있다. 가장 먼저 나타나는 진홍색의 부처꽃은 화려한 잎과 줄기를 흔들며 강둑을 장식한다. 마치 자신을 보고 요란하게 웃는 거울의 가장자리를 장식

74

하는 것만 같다.

해질녘의 핑크색 구름 같은 가련한 모습의 분홍바늘꽃이 그 뒤를 따른다. 진홍색과 흰색이 손에 손을 맞잡은 것 같은 컴프리가 그 뒤를 이어 피어나고, 마침내 어느 날 아침에는 부끄러워하는 듯한 들장미가 쭈뼛거리며 나타나 무대를 장식한다. 그러면, 현악기의 쾌활한 연주가 춤이 시작되는 것을 알리듯이 누구나 마침내 6월이 시작되었음을 깨닫게 된다.

아직도 기다려지는 멤버가 있다. 요정들이 사랑의 길잡이를 기다리듯, 아가씨들이 창가에서 멋진 기사를 기다리듯, 잠들어 있는 여름에 키스하여 생명과 사랑을 일깨워줄 왕자님을 기다린다. 그러나 먼저 관목들이 향기로운 조끼를 입고 상냥하고 우아한 모습으로 그 대열에 가세한다. 이제 연극을 시작할 준비가 다 된 것이다.

얼마나 멋진 연극인가! 비바람이 각자의 집 문을 두드릴 때는 안식처에서 편안히 지내던 동물들은 태양이 떠오르기 한 시간 전, 흰색 안개가 아직 펼쳐지지 않고 강물에 달라붙어 있을 때 아직도 아침이면 차가우리라는 생각을 떨쳐 버리지 못하고 졸리워한다. 충격적으로 아침의 첫 햇살이 비쳐오고 강둑을 따라 황급히 퍼져 간다.

마침내 태양이 그들과 함께하게 되었을 때 하늘과 땅 그리고 강물은 모습을 바꾸어 가기 시작한다. 어스름함이 황금빛으로 변하며, 땅에서는 다시 한 번 온갖 색깔이 피어난다. 뜨거운 한

낮 초록의 관목 그늘 깊숙한 곳에서의 늘어지는 듯한 낮잠. 가지 사이를 통과한 햇살과 풀밭에 맺히는 눈부신 이슬. 오후의 보트타기와 수영. 먼지가 피어오르는 오솔길과 노란 옥수수밭 사이를 어슬렁어슬렁 걷기.

그러다 보면 마침내 시원한 저녁이 찾아오고, 많은 친구들이 둘러앉아 애기꽃을 피우고, 다음날의 여러 가지 모험을 계획한다. 동물들이 불 주위에 둘러앉은 짧은 겨울날 하고 싶은 애기는 너무도 많다. 두더지는 여전히 꽤나 한가로웠다. 그래서 어느 날 오후, 물쥐가 벽난로 앞에서 시를 짓다가 졸고 깨어나서 또 시를 지으려 할 때 혼자서 자연림을 탐색해 보겠다는 결심을 굳혔다. 그러노라면 오소리를 만나는 행운이 따라줄지도 모른다는 생각이 들어서였다.

두더지가 따뜻한 응접실에서 차가운 바깥 세상으로 빠져나왔을 때는 파란 하늘이 차갑게만 느껴지는 춥고 고요한 오후였다. 주위의 들판은 나뭇잎이라곤 없이 발가벗은 모습이었다. 두더지는 그 광경을 보며 자연이 옷을 벗어 버린 듯한 모습으로 깊이 잠들어 있는 이때처럼 자연의 원래 모습을 이만큼 멀리까지 또 자세하게 들여다본 적이 없음을 깨달았다.

잎이 무성한 여름이면 탐험의 대상이 되어 주던 신비로운 동굴이 있던 잡목림, 채석장 계곡 등 가려져 있던 모든 곳이 이제 자신의 비밀을 밝히며 자신의 원래 모습을 애처롭게 드러내고, 두더지에게 그들의 초라하고 궁핍해진 모습을 잠시만 보지 말아 달라고 간청하는 것 같았다. 그들이 예전처럼 화려한 모습으로 가장무도회를 펼치며, 술수를 부려 교묘하게 그를 기만하고 유혹할 때까지 기다려 줄 것을 간청하는 것 같았다. 어떻게 보면 처량했으나 여전히 활기찼고 심지어 유쾌하기까지 했다.

두더지는 스스로 옷을 벗어 버려 아무런 장식도 없는 자연이 마음에 들었다. 이러한 모습을 볼 수 있다는 것이 기뻤다. 두더지는 따뜻한 풀이나 자라나는 풀밭을 원하지 않았다. 울타리나 무로 이루어진 벽이나, 축 늘어진 너도밤나무, 혹은 느티나무의 가지가 사라져 더욱 좋아 보였다. 두더지는 유쾌한 기분으로 남쪽 바다에 솟아 있는 암초처럼 위협하듯이 그의 앞에 나지막이 펼쳐진 자연림을 향해 발걸음을 옮겼다.

처음 들어섰지만 두더지에게 경각심을 불러일으키는 사건은 없었다. 부러진 가지가 밟히고, 가끔 통나무에 걸려 비틀거렸을 뿐이었다. 나무 그루터기에 버섯들이 붙어 자라고 있었다. 눈에 익으면서도 다른 세상의 풍경 같은 모습을 여기저기에서 볼 수 있어 당황스럽기도 했다. 그러나 그 모든 것이 재미있고 즐겁기만 했다. 두더지는 숲 사이로 계속 걸어 불빛이 거의 보이지 않는 곳에 이르렀다. 나무들 사이가 점점 좁아져 뒤엉키기까지 했다. 양쪽으로는 보기 흉한 구멍들도 보였다.

이때 주위는 고요하기만 했다. 어스름이 그의 뒤에서, 앞에서 모여들어 끊임없이, 빠르게 두더지에게로 다가왔다. 마치 물이 빠지는 것처럼 빛이 스러져 갔다.

그때 얼굴들이 나타나기 시작했다.

처음에는 두더지의 어깨 너머에서 알아보기 힘들게 나타났다. 구멍에서 그를 바라보는 얼굴을 본 것 같다는 생각이 들 뿐이었다. 두더지가 몸을 돌려 똑바로 바라보았지만 그 얼굴은 사라지고 보이지 않았다.

두더지는 걸음을 빨리하며 쓸데없는 상상을 하지 말라고 자신에게 유쾌한 태도로 속삭였다. 그러지 않으면 끝이 없을 거라고. 두더지는 다른 구멍을 지나쳤다. 그러자 — 그렇다! — 아니다! — 맞다! 분명히 구멍 속에서 조그맣고 갸름한 얼굴이 나타나 반짝이는 날카로운 눈으로 두더지를 노려보다가 사라졌다. 두더지는 멈칫거리다가 힘을 내어 걸음을 계속했다.

갑자기 마치 항상 그랬다는 듯이 가까이, 또 멀리 있는 수백 개는 될 듯한 구멍 모두에서 얼굴이 나타났다. 모두가 그 날카로운 눈에 미움을 가득 담고 두더지를 노려보다가 사라진다. 그리고 또 나타나 악마와 같은 날카로운 눈으로 두더지를 노려본다.

두더지는 나무들이 빽빽히 들어선 이 지역만 벗어나면 그 얼굴들을 더 이상 볼 수 없으리라고 생각했다. 두더지는 몸을 돌려 길에서 벗어나서 누구도 들어가 보지 않았던 것 같은 숲속으로 들어섰다.

그러자 휘파람 소리가 시작되었다. 두더지가 처음 그 소리를 들었을 때는 그의 뒤편 멀리에서 희미하게 들려오는 날카로운 소리에 불과했다. 그러나 멀리서 들려오는 희미한 소리는 곧 그의 앞에서도 들려왔다. 두더지는 다시 멈칫거리며 돌아가고 싶어졌다. 두더지가 어찌할 바를 모르고 멈칫 서 있는 동안 그의 양쪽 편에서도 그 소리가 시작되었다. 마치 숲 속 전체가 그 소리로 뒤덮이고, 자신은 그 한가운데에 사로잡히게 된 것 같았다. 누구인지는 모르지만 그들 모두 깨어나 긴장하여 공격을 준비하고 있음이 분명했다. 두더지는 혼자이고 비무장 상태였다. 두더지를 도와 줄 친구는 멀리 있고, 밤은 점점 깊어갔다.

이번에는 따닥거리는 소리가 시작되었다. 처음에는 나뭇잎이 떨어지는 소리라고 생각했다. 나지막하고 미묘한 소리였다. 그러나 그 소리는 점점 커지며 규칙적으로 들려왔다. 두더지는 조그만 동물이 아주 먼 곳에서 바쁘게 걸어가는 발자국 소리인 것 같다고 생각했다. 그러나 그 소리는 점점 빨라지고 커지며, 사방 여기저기에서 들려왔다.

두더지는 걱정스럽게 그 소리에 귀를 기울여 보았다. 여기저기에서 그에게로 점점 가까이 다가오는 것만 같았다. 두더지가 가만히 서서 그 소리에 귀를 기울일 때, 토끼 한 마리가 나무 사이로 그를 향해 달려왔다. 두더지는 그 토끼가 속도를 줄이거나 혹은 그의 주위를 돌아보리라고 예상하고 기다렸다. 그러나 얼굴이 굳어 버린 그 토끼는 날카로운 눈으로 그를 노려보고, 빠른 속도로 그를 스쳐 지나가며 중얼거렸다.

"썩 나가, 이 바보야! 나가라구!"

두더지는 그 토끼가 그루터기를 맴돌다가 사라지기 직전에 이렇게 중얼거리는 소리를 들었다. 따닥거리는 소리는 점점 커져 사방에서 갑작스러운 우박이 마른 나뭇잎에 떨어지는 소리처럼 들렸다. 이제는 숲 전체가 뛰어가는 것 같았다. 무엇인가를 혹은 누구인가를 쫓아 숨차게 뛰어가는 것만 같았다.

당황한 두더지 역시 방향도 없이 뛰기 시작했다. 방향 감각을 잃고 마구 뛰다가 무엇엔가 걸려 넘어지기도 하고, 무엇인가의 밑으로 파고들기도 하고, 무엇인가를 빙 돌아 뛰기도 했다. 마침내 은신처를 찾을 수 있었다. 큰 너도밤나무의 밑둥에 뚫려 있는 큰 구멍이었다. 두더지를 숨겨 주기에 충분한 곳이다. 어쩌면 안전한 곳인지도 모른다. 하지만 위험한 곳인지 어떻게 알겠는가?

어떻든 더 이상 뛸 수도 없이 지친 두더지는 바람에 날려 구멍 속으로 들어온 가랑잎을 펼치고 몸을 누이며 당분간만이라도 안전하기를 빌었다. 그리고 가쁜숨을 몰아쉬며 거기에 누워 밖에서 들려오는 휘파람 소리와 따닥거리는 소리에 귀를 기울이고 있을 때, 그것이 무엇인지를 마침내 깨달았다. 들판이나 관목 숲에 사는 조그만 동물들이 숲속에서 만나게 되는 그것, 암흑의 순간이라고 알려진 그것, 물쥐가 경고해 주던 바로 그 것, 자연림의 공포이다!

한편 물쥐는 따뜻하고 편안한 벽난로 앞에서 졸고 있었다. 반쯤 끝난 시를 써놓은 종이가 그의 무릎 위에서 흘러내렸다. 머리는 뒤로 젖혀지고, 입은 벌려졌으며, 푸릇푸릇한 새싹이 돋아나는 강둑을 어슬렁거리는 꿈을 꾸었다. 그 때 석탄 한 덩어리가 떨어지고 타닥거리는 소리를 내며 새로이 타들어가기 시작했다. 물쥐는 그 소리에 깜짝 놀라서 깨어났다. 자신이 무엇을 하고 있었는지를 기억하고 마룻바닥에 떨어진 시를 적어 놓은 종이를 집어들었다. 그리고 잠시 그것을 바라보며 생각하다가 좋은 싯구가 떠올랐는지를 물어보기 위해 시선을 돌려 두더지를 찾아보았다. 그러나 두더지는 보이지 않았다.

잠시 무슨 소리가 들리는지 귀를 기울여 보았다. 집안은 조용하기만 했다.

그러자 물쥐는 몇 차례 계속 소리쳐 불렀다.

"두더지야!"

그러나 아무런 대답도 들려오지 않자 자리에서 일어나 현관으로 나가보았다.

항상 벽에 걸려 있던 두더지의 모자가 보이지 않았다. 우산걸이 옆에 놓여 있던 덧신도 보이지 않았다.

물쥐는 밖으로 나와 바깥의 진흙땅을 자세히 살펴보았다. 두더지의 발자국을 찾아보는 것이다. 찾았다. 틀림없는 두더지의 발자국이다. 두더지의 덧신은 겨울에 대비해 새로 산 것이었기에 신발 바닥의 굴곡이 그대로 남아 있었다. 진흙땅에 나란히 나 있는 발자국은 자연림을 향해 일직선으로 쭉 뻗어 있었다.

물쥐는 걱정스러워하는 표정을 지으며 그 자리에 서서 한동안 생각에 잠겼다. 그런 다음 다시 집안으로 들어와 허리에 벨트를 두르고 틈새에 권총을 찔러넣고, 현관 모퉁이에 세워 놓았던 몽둥이를 집어들었다. 그리고 당당하게 자연림을 향해 출발했다.

물쥐가 숲 가장자리에 도달했을 때는 이미 어두워지고 있었다. 그렇지만 그는 망설이지 않고 숲 속으로 들어가 친구가 남겨 놓았을 흔적을 살펴보며 계속 걸었다. 여기저기의 구멍에서 조그맣고 사악한 얼굴들이 나타났다. 그러나 허리에는 권총을 차고, 굉장히 험악한 몽둥이를 움켜잡고 있는 용맹스런 동물을 보자 순간적으로 사라졌다. 그리고 휘파람 소리와 따닥거리는 소리도 물쥐가 처음에 들어섰을 때는 분명히 들을 수 있었지만 잠잠해지고, 주위는 온통 고요히기만 했다.

물쥐는 당당하게 자연림 속으로 들어가 절벽 끝까지 가 보고, 길이 아닌 곳을 누비며 두더지의 흔적을 찾아보았다. 한편으로는 계속 큰 소리로 친구를 불렀다.

"두더지! 두더지야! 어디 있니? 나 물쥐야!"

물쥐는 한 시간이 넘도록 끈기있게 숲속을 누비며 친구를 찾아 헤맸다. 그러다가 마침내 기쁘기 그지없게도 그의 외침 소리에 대답하는 조그만 소리를 들을 수 있었다. 물쥐는 점점 짙어지는 어둠을 헤집고 그 소리를 따라 조심스럽게 나아갔다. 그리고 마침내 늙은 너도밤나무의 밑둥에서 큰 구멍을 보게 되었고, 그 구멍 속에서 들려오는 희미한 소리를 들었다.

"물쥐! 정말 너니?"

물쥐는 뻥 뚫린 구멍 속으로 들어가 두더지를 찾았다. 기진 맥진한 모습의 두더지는 그때까지도 떨고 있었다.

"오, 물쥐야!"

두더지가 울부짖었다.

"너무 무서웠어. 얼마나 무서웠는지 너는 모를 거야."

"그래, 이해해."

물쥐가 위로해 주었다.

"너는 절대로 이래서는 안 되는 거였어. 내가 여러 번 얘기했었잖아, 두더지야. 우리 강둑 주민들은 혼자서는 여기에 들어오는 법이 없어. 꼭 와야 할 일이 있다면 최소한 짝을 지어 와. 그러면 보통은 아무런 일도 없거든.

그리고 말이야, 동물들에게는 이해해야만 하는 일이 백여 가지는 되는데, 우리는 그걸 모두 알고 있지만 너는 아직 모르잖아. 암호와 신호도 배워야 하고, 효과적인 말도 배워야 해. 주머니에 어떤 약초를 넣어 가지고 다녀야 하는지도 배워야 하고, 시를 되풀이해 가며 읊는 것도 배워야 해. 그리고 속임수와 몸을 피하는 법도 연습해야 하고. 알고 나면 모두가 간단한 것들이지. 하지만 몸집이 작은 짐승이라면 꼭 배워야만 해. 그러지 않으면 곤란한 일을 당하거든. 물론 네가 몸이 큰 오소리나 수달이라면 얘기는 다르지만 말이야."

"용감한 두꺼비는 이런 데 혼자 오는 것도 두려워하지 않을 거야, 그렇지?"

두더지가 물었다.

"두꺼비가?"

물쥐가 요란하게 웃었다.

"두꺼비는 절대로 이런 곳에는 들어오지 않아. 모자 가득 금화를 주겠다고 할지라도 말이야. 두꺼비는 절대로 안 들어와."

두더지는 물쥐의 시원한 웃음소리에 기운을 되찾을 수 있었다. 물쥐가 쥐고 있는 몽둥이와 허리춤에 차고 있는 권총을 보자 더더욱 마음이 놓여 더 이상 떨지도 않고, 당당한 자신의 본래 모습을 되찾았다.

"그럼 이제는."

물쥐가 현실적으로 얘기했다.

86

"아직 완전히 어두워지지 않았으니, 조금이라도 빨리 집으로 돌아가는 것이 좋겠다. 여기서 밤을 보낼 수는 없잖아. 무엇보다도 여기는 너무나 추워."

"물쥐야."

가련한 두더지가 말했다.

"정말 미안하다. 하지만 나는 기진맥진한 상태야. 여기서 좀 쉬고 힘을 되찾을 때까지 기다려 줄 수 없겠니? 그래야만 집까지 걸어갈 힘이 나겠어."

"그럼 그렇게 하자."

마음이 넓은 물쥐가 말했다.

"푹 쉬도록 해. 어쨌든 이미 칠흑처럼 어두워졌으니까. 그리고 조금 있으면 달이 뜰 거야."

두더지는 나뭇잎 위에 편안히 누웠고, 기진맥진한 상태였기에 바로 잠 속으로 빠져들었다. 그동안 물쥐는 몸을 따뜻하게 하기 위해 나뭇잎을 덮고서, 권총을 움켜잡고 주위를 경계하며 두더지가 깨어날 때를 끈기있게 기다렸다.

마침내 잠에서 깨어났을 때 두더지는 훨씬 산뜻해지고, 기분도 예전처럼 좋아졌음을 깨달았다. 물쥐가 먼저 말했다.

"밖에 이상이 없는지 살펴볼게. 그런 다음 진짜로 출발하는 거야."

물쥐는 구멍으로 가 먼저 머리만 내밀고 밖을 살펴보았다. 그리고 두더지는 물쥐가 조그맣게 중얼거리는 소리를 들었다.

"야, 반갑다. 우리도 간다."

"누구한테 말하는 거니, 물쥐야?"

두더지가 물었다.

"눈이 오고 있어."

물쥐가 활기차게 대답했다.

"정확하게 말하자면, 눈이 내리고 있어. 펑펑 쏟아지는데."

두더지도 구멍으로 가까이 와 물쥐 옆에 쪼그리고 앉아 밖을 내다보았다. 두더지에게 그 큰 두려움을 안겨 주었던 숲이 전혀 다른 모습으로 변해 있었다. 구멍, 움푹 패인 곳, 웅덩이 함정 등등 방랑자를 위협하던 것들은 모두 자취를 감추고, 환상세계의 번쩍거리는 흰 카펫이 주위를 온통 뒤덮고 있었다. 거친 발자국을 찍으며 걷기에는 너무도 오묘한 카펫이었다. 온세상을 가득 채우며 떨어지는 흰 가루는 뺨에 닿을 때마다 전율을 일으킬 정도로 차가웠고, 은색 나무 줄기가 마치 밑에서부터 조명을 받는 것처럼 뚜렷이 보이게 해주었다.

"오, 안 되겠다."

물쥐가 심사숙고한 후에 말했다.

"기회를 놓치지 말고 출발해야 할 것 같아. 지금 가장 곤란한 것은 우리가 있는 여기가 어딘지를 모른다는 사실이야. 그리고 눈 때문에 모든 것이 전혀 달라 보여."

실제로 그랬다. 두더지는 그 숲이 자신이 들어왔던 바로 그숲이라고 생각할 수 없었다. 어쨌든 그들은 용감하게 구멍에서 나와 집으로 돌아가는 길일 가능성이 높다고 생각되는 방향을 따라 걷기 시작했다.

서로의 손을 잡고 그들을 냉혹한 태도로 말없이 맞이하는 눈에 익은 나무와 마주칠 때마다, 구멍, 틈새, 혹은 길을 만날 때마다, 단조로운 흰색의 세상에서도 변화를 거부하는 검은 나무 줄기를 마주칠 때마다 마치 옛친구를 만난 듯이 유쾌한 태도를 가장했다.

한 시간, 아니 두 시간이 지났을까? — 그들은 이미 시간 감각도 잊고 있었다. — 절망한 그들은 숨을 돌리고 어떻게 해야 할지를 생각해 보기 위해 부러진 나무의 그루터기에 걸터앉았다. 피곤하고 여기저기에서 구멍에 빠지고 몸을 적시며 나와야 했기에 두더지와 물쥐 모두 온몸에 멍이 들고, 너무도 지쳐 아프기까지 한 상태였다.

눈이 너무 높이 쌓여 그들의 짧은 다리로는 걷기 힘들었고, 나무들은 앙상한 가지에 눈이 덮이며 점점 똑같은 모습으로 변해 가서 길을 찾기 어려워졌다. 숲은 끝도 없고 시작도 없으며, 그 안은 모두가 똑같은 것처럼 보이기 시작했다. 그리고 가장 큰 문제는 나가는 길이 없는 것 같았다.

"여기에 오래 앉아 있을 수는 없어."

물쥐가 말했다.

"우리는 또다시 걸으면서 무엇이든지 해봐야만 해. 추위는 점점 견디기 어려워지고, 눈은 곧 우리가 꼼짝도 할 수 없을 정

도로 높이 쌓일 거야."

물쥐는 주위를 살피며 생각해 본 다음 입을 열었다.

"잠깐."

물쥐가 계속 말했다.

"갑자기 이런 생각이 드는데, 우리 앞의 저기에는 일종의 작은 계곡이 있을 거야. 바닥이 온통 울퉁불퉁한 곳이지. 거기로 가서 일종의 은신처를 찾아보는 거야. 바닥은 마르고 평평한 동굴이나 구멍을 말이야. 그런 곳이라면 눈과 바람을 피할 수 있잖아. 거기서 푹 쉰 다음 다시 시작하는 거야. 우리 둘 다 지독하게 피곤한 상태잖아. 게다가 눈이 그치거나, 다른 좋은 일이 일어날지도 모르니까 말이야."

그래서 그들은 다시 한 번 눈 속으로 뛰어들어 어렵게 어렵게 계곡으로 내려가 차가운 바람과 휘몰아치는 눈보라를 피할 수 있을 만한 구멍이나 동굴을 찾아보았다. 그들이 물쥐가 얘기했던 것과 비슷한 볼록 튀어나온 곳을 조사해 보다가, 갑자기 두더지가 무엇엔가 걸려 쓰러지며 얼굴을 일그러뜨리고 비명을 질렀다.

"오, 내 다리!"

두더지는 앞발로 다리를 움켜잡고 쓰다듬었다.

"정강이가 찢어졌어."

"가련한 두더지."

물쥐가 자상하게 말했다.

"너는 오늘 운이 좋지 않은가 보다. 어디를 다쳤는지 좀 보여줄래?"

물쥐는 다친 데를 자세히 살펴보며 계속 말했다.

"그래, 네 말대로 정강이가 찢어졌다. 내가 손수건으로 묶어줄게."

"눈 속에 숨겨진 나뭇가지나 그루터기에 걸려 넘어진 것이 분명해."

두더지가 힘없이 말했다.

"아, 아파, 아파!"

"예리하게 찢어졌는데."

물쥐가 그 상처를 자세히 살펴보며 얘기했다.

"이건 나뭇가지나 그루터기에 걸려 찢어진 상처가 아니야. 마치 금속으로 만든 날카로운 것으로 찢겨진 것 같아. 이상한데."

물쥐는 잠시 곰곰이 생각해 본 다음 주위의 불룩한 곳과 경사진 부분을 살펴보았다.

"어떻게 이렇게 되었는지는 신경 쓸 것 없잖아."

두더지가 더듬거리며 말했다.

"무엇 때문에 이렇게 되었건 아프기는 마찬가지니 말이야."

그렇지만 물쥐는 가볍게 손수건으로 두더지의 다리를 묶어준 다음 그를 내버려두고 주위의 눈을 파기 시작했다. 물쥐는 네 다리 모두를 재빠르게 움직이며 눈을 파내고, 파낸 눈을 밀

어낸 다음 자세히 살펴보았다. 그러는 동안 두더지는 짜증스러
위하며 지켜보다가 가끔 한마디씩 했다.

"이제 가자."

갑자기 물쥐가 소리를 질렀다.

"만세!"

계속 소리를 질렀다.

"만세! 만만세!"

그런 다음에는 눈밭에서 노래를 부르며 춤을 추기 시작했다.

"왜 그래, 물쥐야?"

두더지가 계속 다리를 쓰다듬으며 물었다.

"이리 와서 네가 직접 봐!"

기쁨에 넘친 물쥐는 이렇게 소리치고서 계속 춤을 추었다.

두더지는 껑충거리며 그곳으로 가 자세히 살펴보았다.

"오."

두더지가 천천히 말했다.

"내 정강이를 찢어놓은 것이 무엇인지 이제 알겠다. 전에도
이런 것을 본 적이 있거든. 여러 번 보았지. 흔히 보는 거라고
해야겠구나. 문패! 그런데 너는 왜 그러지? 왜 문패를 보고 춤
을 추는 거지?"

"너는 이게 무슨 의미인지 모르겠니, 이 우둔한 친구야?"

물쥐가 짜증스러워하며 물었다.

"이게 무슨 의미인지 모르는 동물이 어디 있니?"

두더지가 반박했다.

"이건 어떤 정신이 산만하고 물건을 잘 잊어버리는 동물이 여기까지 왔다가 잊고 갔다는 뜻이잖아. 다른 동물들이 걸려 넘어지기 십상인 곳에 말이야. 큰 실수를 했다고나 해야겠지? 나는 집에 돌아가면 이걸 신고해야겠어. 신고하나 안 하나 두고 봐!"

"오, 맙소사!"

두더지의 아둔함에 물쥐는 절망적으로 비명을 질렀다.

"말싸움은 그만두고 이리 와서 눈이나 치우자."

물쥐는 다시 일을 시작했다. 사방 여기저기로 마구 눈을 파내기 시작한 것이다.

약간의 시간이 흐르자, 그의 노고에 대한 보답이 나타났다. 초라한 깔개가 그 모습을 드러낸 것이다.

"봐, 내가 뭐라고 했니?"

물쥐가 환희에 차 탄성을 터뜨렸다.

"별다른 얘기는 하지 않았던 것 같은데."

두더지가 솔직하게 얘기했다.

"그건 그렇고, 이번에 네가 찾아낸 것은 또다른 가정용품에 불과하잖아. 누군가 집어던진 보잘것없는 깔개 말이야. 그런데 너는 이런 걸 보고 왜 그렇게 좋아하니? 어쨌든 계속 그런 상태를 유지하는 것이 좋겠어. 춤을 추어야겠다면 계속 춰. 그런 다음 새로운 기분으로 다시 집을 찾아 출발하는 거야. 더 이상 이런 쓸데없는 것을 찾느라 시간을 낭비하지 않고서 말이야. 깔개를 먹을 수 있겠니? 아니면 깔개를 덮고 잘 수가 있니? 그것도 아니라면 썰매처럼 깔개를 깔고 앉아 눈밭에 미끄러져 집으로 돌아가자는 얘기니? 아이고, 이 허풍쟁이 물쥐야."

"너 진심으로 그런 말을 하는 거야?"

흥분한 물쥐가 소리를 질렀다.

"이 깔개가 너에게는 아무 얘기도 해주지 않는다는 거야?"

"야, 물쥐."

두더지가 완전히 토라져서 말했다.

"이런 어리석은 짓은 이제 충분하다고 생각해. 깔개가 얘기했다는 소리를 들어본 적이 있니? 깔개는 말을 못해. 말을 하라고 만들어 놓은 것이 아니라구. 깔개는 깔개 나름대로의 역할만 하면 그걸로 끝이야."

"이걸 봐, 이 돌머리야."

물쥐는 진짜로 화가 나서 말했다.

"말다툼은 이제 그만두자. 단 한 마디도 더 하지 말고 눈을 치워. 둥그렇게 돌아가며 눈을 파내고 치워 버려. 오늘 밤을 따뜻하고 푹신한 곳에서 자고 싶다면, 아무 말 말고 이 주위의 눈을 치워. 이게 우리의 유일한 희망이니까."

물쥐는 정열적으로 그들 주위에 쌓인 눈더미에 덤벼들어 마구 쓸어내며, 가지고 온 몽둥이로 여기저기를 찌르고 파냈다. 두더지도 어쩔 수 없이 덤벼들어 눈을 치웠다. 다른 어떤 이유

가 있어서가 아니라 영리하다고 생각하는 물쥐가 그렇게 하기 때문이었다.

10분 정도 열심히 눈을 치웠을 때, 물쥐의 몽둥이 끝이 무엇엔가에 닿으며 공허한 소리가 들려왔다. 물쥐는 팔을 집어넣어 무엇인지 만져 볼 수 있을 때까지 계속 구멍을 팠다. 그리고 두더지에게 와서 도와 달라고 소리쳤다. 동물 두 마리가 하기에는 힘든 일이었다. 그러나 마침내 그들의 노고 덕분에 놀라운 결과가 눈앞에 펼쳐졌고 두더지는 그 광경을 쉽사리 믿을 수 없었다.

큰 눈더미로만 보이던 것의 옆구리 부분에 짙은 초록색으로 칠해진 단단한 문이 나타났던 것이다. 문의 옆부분에는 초인종이 달려 있었고, 그 밑으로는 조그만 놋쇠 문패가 걸려 있었다. 다행히 달빛이 비추어 그들은 문패에 단정하게 새겨진 글씨를 읽을 수 있었다.

미스터 오소리

두더지는 너무나 놀랍고도 기뻐 뒤로 나동그라지고 말았다.
"물쥐야!"
두더지가 미안하다는 듯이 소리쳤다.
"너는 놀라운 친구다. 정말 놀라운 친구야. 이제야 분명히 알겠다. 내가 뭐라고 하든 전혀 개의치 않고, 네 현명한 머리는 내가 넘어져 다리를 다친 순간부터 차근차근 움직여 결국에는 이런 결과를 이끌어낸 거야. 내 상처를 자세히 살펴본 즉시, 무엇인가 이상하다는 것을 느끼고 결국에는 문패를 찾아냈지. 거기다 너는 그걸로 끝낸 것도 아니잖아. 어떤 동물은 그 정도로 만족했을 거야. 하지만 너는 그렇지 않았어. 네 머리는 계속 움직였지. 너는 '깔개만 찾으면 내 생각이 옳았다는 것이 증명되는 거야'라고 스스로에게 말했어. 그리고 깔개를 찾아냈지.

오, 너는 천재야. 원하는 무엇이든지 너는 이룰 수 있을 거야. 깔개를 찾은 다음 네 영리한 머리는 또 이렇게 속삭였지. '문이 있어. 눈으로 보고 있는 것이나 마찬가지야. 분명히 있어. 더 이상 해야 할 일은 없어. 찾아내기만 하면 되는 거야.'라고 말이야. 그래, 나도 언젠가 책에서 이런 내용을 읽어 본 적이 있어. 그렇지만 실제 생활에서 이런 상황을 마주쳤던 적은 없었어. 그러고 보니 너는 네 재능을 정확히 알아주는 곳으로 가야겠구나. 여기서 우리들하고 함께 지내는 것은 네 재능을 낭비하는 것일 뿐이야. 만약 나에게 너처럼 좋은 머리가 있었다면……."

"하지만 너는 그런 머리가 없잖아."

물쥐가 매정한 태도로 두더지의 얘기를 잘랐다.

"그러고 앉아 밤새도록 얘기나 할 거야? 벌떡 일어나 저기 보이는 초인종 줄에 매달려서 큰 소리로 울리게 해. 나는 문을 마구 두드릴 테니까."

98

    물쥐가 몽둥이로 문을 두드리는 동안 두더지는 펄쩍 뛰어올라 초인종 줄을 잡고 대롱대롱 매달려 마구 흔들었다. 그리고 그들은 집안 깊숙한 곳에서 그에 반응해서 묵직하게 울리는 초인종 소리를 희미하게나마 들을 수 있었다.

4. 미스터 오소리

물쥐와 두더지는 너무도 추워 발을 동동 구르며 기다렸다. 매우 오래 기다린 것 같았다. 마침내 문 안쪽에서 슬리퍼를 질질 끌며 나오는 소리를 들을 수 있었다. 두더지가 물쥐에게 얘기한 대로 아주 크고 낡은 슬리퍼를 신고 오는 것 같았다. 그런 예측을 할 수 있는 것은 두더지의 재능이었으며, 실제로도 그러했다.

걸쇠를 벗기는 소리가 들려왔다. 그리고 문이 조금 열렸다. 문을 열어 준 동물의 긴 주둥이와 졸음이 가득 찬 눈을 겨우 볼 수 있을 만큼만 열렸다.

"이런 일이 또 일어나면."

의심쩍게 투덜거리는 목소리가 들려왔다.

"나는 정말 지독하게 화가 날 거야. 도대체 이렇게 밤 늦은 시간에 잠도 못 자게 시끄럽게 구는 게 누구야? 얘기를 해봐."

"오소리야!"

물쥐가 날카롭게 소리쳤다.

"문을 열어 줘. 나 물쥐야, 내 친구 두더지하고. 눈 속에서 길을 잃고 헤매다가 여기까지 오게 된 거야."

"아니, 물쥐라구? 내 친구 물쥐?"

탄성을 터뜨리는 오소리의 목소리는 순간적으로 달라졌다.

"들어와. 둘 다 빨리 들어와. 몰골이 형편없구나. 눈 속에서 길을 잃었다구? 이 밤 늦은 시간에 자연림에 들어왔다가 길을 잃었단 말이지? 맙소사, 하마터면 큰일 날 뻔했구나."

두더지와 물쥐는 서로 안으로 먼저 들어가려다가 부딪히기도 했다. 그리고 그들의 뒷편에서 문을 잠그는 소리가 들려오자 커다란 기쁨과 안도감을 느꼈다.

긴 잠옷을 입고, 두더지의 예측대로 크고 낡은 슬리퍼를 신고, 앞발에는 납작한 촛대를 들고 있는 오소리는 아마도 침실로 가다가 초인종 소리를 들었던 것 같았다. 오소리는 애정이 깃든 눈으로 그들을 바라보다가 마치 어린아이를 다루듯이 그들 둘의 머리를 쓰다듬어 주었다.

"너희들처럼 조그만 동물이 나와서 돌아다니면 안 되는 밤이다."

오소리가 아버지처럼 말했다.

"또 물쥐의 장난기가 발동한 것은 아닌지 걱정되는구나. 어쨌든 이리 와라. 주방으로 가자. 거기는 따뜻하고, 먹을것도 좀 있으니까."

오소리는 촛불을 들고 슬리퍼를 질질 끌며 앞장 서서 걸었고, 두더지와 물쥐는 뒤를 따르며 서로의 옆구리를 쿡쿡 찌르며 기대감에 찬 눈으로 서로를 돌아보았다.

사실대로 말하자면 초라하다고 할 수 있는, 어둠에 싸인 긴 복도를 걸어 일종의 중앙 홀로 보이는 곳으로 들어섰다. 거기에서는 긴 터널 같은 다른 복도들이 뻗어나간 것이 어슴푸레하게 보였다. 복도는 신비스러웠고 끝이 보이지 않았다.

그러나 홀에는 문도 여러 개 있었다. 단단한 오크로 만든 푸근해 보이는 문이었다. 오소리는 그 문들 중의 하나를 활짝 열었고, 그들은 곧 벽난로에 불이 활활 타오르고 있어 안락하게 느껴지는 주방을 볼 수 있었다.

벽돌로 깐 바닥은 오래 되어 매끈했으며, 벽난로에서는 통나무가 활활 타오르고, 멋진 형태의 굴뚝은 양쪽 모퉁이에 설치되어 있었다. 벽난로 앞에는 등 높은 의자 두 개가 서로를 마주보도록 놓여 있었고, 여러 동물이 사교적인 모임을 가질 수 있도록 앉을 만한 자리가 여럿 준비되어 있었다.

주방의 한가운데에는 받침대 네 개로 받쳐진 소박한 목재 테이블이 설치되어 있고, 그 양쪽으로는 각각 긴 의자가 놓여 있었다. 그리고 뒤로 밀쳐 놓은 안락 의자에는 오소리가 식사하다 남겨 놓은 것들이 쌓여 있었다. 소박하지만 푸짐한 음식들 이었다.

주방의 한쪽 끝에 설치된 찬장의 선반에 놓인 접시들은 티 한 점 없이 깨끗했고, 서까래에는 햄, 여러 가지 말린 약초, 양 파 자루, 그리고 달걀 바구니 등이 걸려 있었다. 영웅이 전쟁에 서 승리를 거두고 돌아와 연회를 즐길 수 있는 곳이라는 느낌 이 들었다. 추수하느라 지친 일꾼들이 모여 추수 감사 기도를 하고 노래를 부르며 잔치를 벌일 수도 있는 곳, 혹은 취향이 같 은 친구들 둘 혹은 셋이 마주 앉아 음식을 먹고, 담배를 피우며 밤 늦도록 편안히 얘기를 나눌 수도 있는 곳처럼 보였다.

빨간 벽돌 바닥은 희미한 천장을 바라보며, 긴 옷을 입고 있 는 나무의자는 서로를 바라보며, 찬장의 접시들은 선반에 놓여 있는 주전자들을 바라보며 미소짓고 얘기하는 것 같았고, 벽난 로의 불은 쉬지 않고 모습을 바꾸어 가며 활활 타올랐다.

자상한 오소리는 그들에게 참나무 의자에 앉도록 권한 다음 그들을 위한 축배를 제안했다. 그리고 코트와 부츠를 벗게 하 고, 긴 잠옷과 슬리퍼를 가져다주고, 직접 두더지의 상처를 살 펴보고 따뜻한 물로 씻어준 다음 덧나지 않도록 끈적거리는 약 을 발라 주었다.

두 동물은 불 앞에서 젖은 몸을 말리며 피곤한 다리를 들어 또 다른 의자에 올려놓기도 했다. 그들의 뒤편에서 딸각거리는 소리가 들려왔다. 오소리가 접시를 놓으며 그들의 식사를 준비하고 있었다. 마치 폭풍우에 시달리던 동물들이 마침내 안전한 은신처를 찾은 것만 같았다. 바로 밖의 춥고 길도 없는 자연림과 멀리 떨어진 것만 같았고, 그들이 거기에서 겪었던 어려움은 거의 잊혀진 꿈 속의 일처럼 느껴졌다.

물쥐와 두더지가 잔을 완전히 비운 다음, 오소리는 그들을 식탁으로 불렀다. 식탁에는 오소리가 급히 준비한 음식들이 푸짐하게 놓여 있었다. 둘은 너무도 배가 고팠지만 막상 그들 앞에 차려진 저녁식사 모두가 너무 먹음직스러워 보여 어떤 음식부터 먹고, 어떤 음식을 남겨두었다가 천천히 먹어야 할지 몰라 망설였다. 오랫동안 대화가 불가능했다. 천천히 얘기를 시작했을 때에도 그것은 꽤나 유감스러운 대화였다. 입에 음식이 가득 들어 있었기 때문이었다.

그렇지만 오소리는 그런 점에는 전혀 개의치 않았다. 식탁에 팔을 올려놓거나, 둘이서 한꺼번에 얘기를 하려 해도 신경 쓰지 않았다. 오소리 자신이 사교계에는 잘 나가지 않는 동물이었기에 그러한 태도가 전혀 문제될 것이 없다고 생각했던 것이다.(물론, 우리 모두가 오소리가 틀렸다는 것을 알고 있다. 오소리는 너무 모르고 있는 것이다. 그 이유를 설명하자면 너무도 길어 여기에서는 생략하겠지만, 두더지와 물쥐의 그런 태도는 대단히 무례한 것이다.)

오소리는 상석에 놓인 안락 의자에 앉아 식사했다. 그리고 두더지와 물쥐의 애기를 들으며 가끔 근엄하게 머리를 끄덕였

다. 그렇지만 무슨 얘기를 들어도 놀라거나 충격을 받지는 않았다. 그리고 '내가 그렇게 얘기했었잖니' 혹은 '내가 얘기했던 대로잖니'라는 식의 얘기는 절대로 하지 않았다. 그들이 이렇게 했어야만 했다느니, 혹은 그렇게 해서는 안 되는 것이었다는 식의 얘기도 하지 않았다. 두더지는 오소리의 그러한 태도에 호감을 느끼기 시작했다.

저녁식사가 끝났을 때는 물쥐와 두더지 모두 몸도 적당히 말랐다고 느꼈고, 오소리도 그들과 어울리는 것이 나쁘지는 않겠다고 생각했기에 그들 모두는 불이 활활 타오르는 벽난로 앞에 둘러앉았다. 밤 늦은 시간에 좋은 친구들과 따뜻한 곳에 둘러앉아 얘기를 나눈다는 것은 얼마나 즐거운 일인가! 이런저런 얘기를 나누며 한 시간 정도 지난 다음, 오소리가 갑자기 진지한 표정을 지으며 물었다.

"자, 이제 너희들 세계의 일도 얘기해 주겠니? 우리 친구 두꺼비는 어떻게 지내고 있지?"

"나쁜 정도가 아니라 이젠 아주 형편없어졌어."

물쥐가 짜증스럽다는 듯이 대답했고, 벽난로 앞의 의자에 앉아 불을 쬐고 있던 두더지는 발을 머리보다 높이 치켜올려 너무도 어이가 없다는 듯한 몸짓을 해보였다.

"지난 주에도 또 한 번 들이받았다니까. 이번에는 지독했어. 너도 알겠지만, 두꺼비는 전혀 할 줄도 모르면서 자기가 운전을 하겠다고 고집하는 거야. 두꺼비가 점잖고, 잘 훈련 받은 동물을 고용해서 적절한 봉급을 주고, 그 운전수에게 모든 것을 맡겨두기만 했었더라면 그는 괜찮았겠지. 그런데 그게 아니야. 두꺼비는 자신이 타고난 운전수라고 굳게 믿고 있어. 아무도 그를 가르칠 수가 없어. 그 결과 이렇게 된 거지."

"몇 번이나 사고를 냈는데?"

오소리가 걱정스러워하며 물었다.

"차가 부서지는 사고 말이야, 아니면 건물이 부서지는 사고 말이야?"

물쥐가 물었다.

"아니, 어떻게 보면 그게 다 그거지. 이번이 일곱 번째 사고야. 지난 번 사고 때는, 너도 그 친구 집의 마구간 알지? 그 건물이 무너졌다니까. 글자 그대로 폭삭 무너졌어. 자동차도 산산조각 났고, 지난 여섯 번의 사고 때와 마찬가지로 이번에도 상당한 돈이 들 거야."

"병원에도 세 번이나 입원했었지."

두더지가 끼어들었다.

"그리고 벌금도 물어야 했고. 합계를 내면 엄청난 액수야."

"그래, 그것도 큰 문제야."

물쥐가 계속 말했다.

"우리 모두 알고 있는 것처럼 두꺼비는 부자야. 하지만 백만장자는 아니잖아. 그런데도 운전도 할 줄 모르면서 차를 몰고 다니는 거야. 법이고 질서고 안중에도 없지. 이런 식이라면 조만간에 죽느냐 아니면 망하느냐, 둘 중의 하나가 될 것 같다니까. 오소리야, 우리는 모두 친구잖아. 그를 위해 우리가 어떻게든 손을 써야 하지 않을까?"

오소리는 그 점에 대해 한동안 골똘히 생각했다.

"하지만."

마침내 오소리가 입을 열었다.

"너희들도 내가 지금은 어떻게도 할 수 없다는 것은 물론 알고 있지?"

두더지와 물쥐도 동의했다. 그들은 오소리가 왜 그렇게 말하는지 이해했다. 동물 예의 규범에 따르자면, 동물들이 활동하기 힘든 때인 겨울에는 어떤 동물에게도 힘들거나, 영웅적이거나, 최소한 어느 정도는 움직여야 하는 일을 부탁할 수 없다. 모두가 졸려 하고, 실제로 잠만 자는 동물도 있기 때문이다. 모든 동물은 최소한 어느 정도 계절에 따라 행동이 달라진다. 밤낮을 가리지 않고 힘들게 일하고 활발히 움직이던 동물이라면, 한 철은 푹 쉬면서 힘을 비축해야만 하기 때문이다.

"어쨌든 좋아!"

오소리가 말했다.

"그렇지만 계절이 완전히 바뀌고 밤이 짧아져 모두들 해가 떠오름과 함께 일어나 무언가를 하고 싶다고 생각할 때가 되면 — 그 전에는 곤란하다 할지라도 말이다 —, 내가 무슨 말을 하려는지 너희들도 알겠지?"

물쥐와 두더지 모두 고개를 끄덕였다.

"그래, 그 때는."

오소리가 계속 말했다.

"우리가 ― 나와 너 물쥐, 그리고 네 친구 두더지가 말이다 ― 두꺼비를 진지하게 설득해 보자. 우리는 어떤 일이건간에 바보 같은 일이라면 보고만 있어서는 안 돼. 두꺼비가 제정신을 찾도록 도와 주어야만 해. 필요하다면 무력을 동원해서라도. 우리가 두꺼비를 사려 깊은 동물로 돌려 놓아야 해. 어쨌든 물쥐는 몹시 졸린 모양이구나."

"아냐, 안 졸려."

물쥐가 몸을 바로 하며 말했다.

"물쥐는 저녁식사를 마친 다음부터 벌써 두세 번은 꼬박 졸았어."

두더지가 웃으며 말했다. 두더지 자신은 맑게 깨어 있을 뿐 아니라 이유는 모르지만 생기가 돌기까지 했다. 그 이유는 두더지는 날 때부터 지하에 속한 동물이고 또 그런 식으로 자랐기에, 오소리의 집이라는 환경이 그에게는 아주 적절한 데다, 자신의 집에 온 것처럼 편안하게 느껴지기까지 했다. 반면에 매일 밤 창문을 열어 놓고 강물 소리를 들으며 잠을 자던 물쥐는 너무도 고요해 답답함을 느꼈던 것이다.

"그래, 우리 모두가 잠자리에 들 시간이야."

오소리가 이렇게 말하며 일어나 촛대를 집어들었다.

"가자, 너희들이 묵을 방으로 안내해 줄게. 그리고 아침에는 실컷 늦잠을 자고 아침식사는 깨어난 다음 아무 때나 해."

오소리는 두 동물을 침실 같기도 하고, 창고 같기도 한 긴 방으로 안내했다. 어느 모로 보나 오소리의 겨울용 비축물들이다. 그 방의 절반 정도에 걸쳐 사과, 순무, 감자, 호두가 가득 들어 있는 바구니, 꿀통 등이 놓여 있었다.

그러나 그 나머지 부분에 놓여 있는 두 개의 흰색 침대는 푹신하고 유혹적으로 보였다. 린넨 시트가 깔려 있는 침대는 조잡하지만 깨끗한 데다 상쾌한 라벤더 향기를 풍기고 있었다. 두더지와 물쥐는 단 30초 만에 겉옷을 벗어 버리고 기쁨과 만족감을 느끼며 시트를 덮고 누웠다.

오소리의 자상한 권고에 따라 지쳐 있던 두 동물은 그 다음날 아침 늦게서야 주방으로 나왔다. 벽난로의 불이 밝게 타오르는 주방에는 어린 고슴도치 두 마리가 식탁의 긴 의자에 앉아 나무로 만든 사발에 든 오트밀 죽을 먹고 있었다. 고슴도치들은 그들이 들어서자 즉시 숟가락을 내려놓고 일어나 공손하게 머리 숙여 인사했다.

"앉아라, 앉아."

물쥐가 기분 좋게 말했다.

"계속 먹어. 그런데 너희들은 어디에서 왔니? 눈 속에서 길을 잃었구나?"

"예, 그렇습니다, 아저씨."

두 고슴도치 중 나이 많은 고슴도치가 공손히 대답했다.

"저와 제 동생 빌리는 학교로 가는 중이었어요. 아침에는 날씨가 나쁘지 않았기에 엄마가 학교에 가라고 하셨거든요. 그런데 갑자기 눈이 내리기 시작해 길을 잃은 거예요. 빌리는 무서워하며 울기도 했어요. 어리고 겁도 많거든요. 그래서 눈 속을 헤매다가 우연히 미스터 오소리의 집 뒷문을 발견하고, 마구 문을 두드렸어요. 다들 잘 아시다시피 오소리 아저씨는 친절한 신사이시니까요."

"그래, 알았다."

물쥐는 이렇게 대답하며 서까래에 걸려 있는 햄에서 한 조각을 잘라냈다. 그동안 두더지는 프라이 팬에 달걀 두 개를 깨뜨려 넣었다.

"지금 바깥 날씨는 어떻지? 그리고 우리한테 얘기할 때는 너무 아저씨 아저씨 하지 말아라."

"지독하게 나빠요, 아저씨. 눈이 굉장히 높이 쌓였거든요."

고슴도치가 말했다.

"아저씨들도 나가실 수 없을 거예요."

"오소리 아저씨는 어디 계시니?"

두더지가 불 위에 커피 주전자를 올려놓으며 물었다.

"오소리 아저씨는 서재에 들어가셨어요."

고슴도치가 말했다.

"그리고 오소리 아저씨는 오늘 오전에는 몹시 바쁘니, 특별한 일이 아니라면 방해하지 말라고 하셨어요."

물쥐와 두더지 모두 고슴도치의 설명을 듣자 상황을 충분히 이해할 수 있었다. 이미 설명했던 그대로, 일 년 중에 6개월을 열심히 살았던 동물이라면, 그 나머지 6개월은 비교적 편하게 지내거나 충분한 수면을 취해야만 하는 것이다. 고슴도치들이 전한 얘기는 바로 그 점을 말하는 것이었다.

동물들은 오소리를 잘 알고 있었다. 오소리는 푸짐하게 아침 식사를 하고서 서재로 들어가 안락 의자에 앉아 발을 들어 다른 안락 의자에 올려놓고, 손수건을 꺼내 얼굴을 덮고 매년 이맘 때의 가장 중요한 일인 '잠'을 자느라 바쁜 것이었다.

현관의 초인종이 매우 요란하게 울렸다. 그리고 물쥐는 토스트를 만드느라 손이 온통 버터투성이었기에, 동생 고슴도치 빌리에게 누구인지 나가 보라고 시켰다. 잠시 후 복도에서 육중한 발자국 소리가 들려왔다. 그리고 빌리의 뒤를 따라 수달이 그 모습을 나타냈다. 수달과 물쥐는 상당히 친한 사이여서 반갑게 소리를 지르며 서로를 끌어안았다.

"나가자!"

물쥐가 입안에 음식물이 가득 찬 채 소리쳤다.

"너희들을 여기 오면 찾을 수 있을 거라고 확신했지."

수달이 의기양양해서 말했다.

"오늘 아침 강둑에 가 보니까 물쥐가 ― 두더지도 함께 말이다 ― 밤새 돌아오지 않았다고 야단들이었어. 무서운 일이 일어났는지도 모르는데, 눈이 내려 너희들이 어디로 갔는지 알 수 없었으니까 그랬던 거지. 하지만 나는 동물들은 어떤 곤란한 일이 생기면 오소리를 찾아간다는 사실을 알고 있었지. 아니면 오소리가 어떻게 해서든 그 사정을 알아내고 도와 주려 한다는 사실을 말이야. 그래서 나는 바로 여기로 온 거야, 자연림과 눈을 헤치고서.

오, 눈에 덮인 하얀 세상 위로 붉은 태양이 떠오르고, 나무 줄기가 검은색으로 당당하게 서 있는 광경이 얼마나 아름다웠던지! 그 고요한 세계를 걷노라면 가끔 눈덩이가 나뭇가지에서 미끄러져 갑자기 툭 떨어지지. 겁많은 동물이라면 너무도 놀라

숨을 곳을 찾아 뛰겠지. 밤새 여기저기에 눈으로 지어진 성도 나타났고 동굴도 나타났지. 눈으로 이루어진 다리도 보이고, 눈으로 쌓아 놓은 성벽도 보였어. 나는 그러한 눈세계에서 몇 시간이고 머물며 즐겁게 보낼 수 있었지.

여기저기에서 굵은 가지들이 자기 몸에 쌓인 눈의 무게를 이기지 못해 부러진 것도 보이고, 개똥지빠귀들이 그 위에 앉아 마치 자기들이 그랬다는 듯이 의기양양하게 노래를 부르는 광경도 볼 수 있고, 머리 위로는 회색 하늘 높이 구슬픈 노래를 부르며 날아가는 거위떼도 보이고, 나무 주위를 맴돌며 정찰하다가 날개를 파닥거리며 혐오감에 가득 찬 표정을 짓고 집을 향해 날아가는 띠까마귀들도 볼 수 있었지.

반 정도 왔을 때 부러진 나무 그루터기에 앉아 앞발로 눈을 떠 세수를 하고 있는 토끼를 보았지. 그놈들은 겁이 많은 동물이어서 나는 살금살금 그놈의 뒤로 돌아가 앞발을 그놈의 어깨에 올려놓았지. 그리고 완전히 정신을 빼놓으려고 머리를 잡아 몇 번 흔들어 주기까지 했어. 그런 다음에야 그 토끼에게서 그들 중의 한 토끼가 지난 밤에 자연림에서 두더지를 보았다는 얘기를 들을 수 있었지.

그놈은 미스터 물쥐의 이상한 친구인 두더지가 길을 잃고 형편없는 몰골이 되어 숲 속을 헤매기에, 이리저리 뛰어다니며 놀려줬다고 하더구나. 나는 '너희들 중 누구 하나 안 도와 줬다는 기야?' 라고 했지. 너희들은 머리가 좋지는 않지만, 숫자가 많고 눈에 덮인 산도 빠르게 달릴 수 있으니, 두더지를 안전하고 안락한 곳으로 인도할 수도 있지 않았느냐고도 얘기했고, 최소한 그렇게 해보려고 노력은 했어야만 했던 것 아니냐고도 말했어. 그랬더니 그 토끼는 깜짝 놀라면서 눈이 동그래져, '뭐라고요? 우리 토끼들이 그런 일을 한다고요?' 라고 되물으면서 어이없어 하더군. 그래서 그 놈의 머리를 다시 한 번 흔들어 준 다음 그곳을 떠났지. 더 얘기해 보았자 아무런 소득도 올릴 수 없다고 판단했던 거지.

어떻든 나는 그 놈에게서 뭔가를 알아냈으니 그걸로 만족해야만 했었지. 지난 밤에 장난을 쳤던 놈들 중의 한 놈을 만났다면 더 많은 것을 알아낼 수도 있었겠지만 말이야."

"너는 겁나지 않았었니?"

두더지가 지난 밤에 겪었던 공포를 떠올리며 물었다.

"겁나지 않았었느냐고?"

수달은 흰색 이빨을 드러내며 웃었다.

"그놈들이 내게 무슨 짓을 하려고 했었다면, 내가 그놈들에게 겁을 주었을 거야. 두더지야, 햄 몇 조각을 프라이해 주지 않을래? 우리는 친구가 되었으니 이런 부탁을 해도 괜찮겠지? 나는 지금 몹시 배가 고프거든. 그리고 물쥐에게 해야 할 얘기도 많아. 오랫동안 만나지 못했었거든."

그래서 마음씨가 고운 두더지는 햄을 몇 조각 잘라내 고슴도치에게 프라이하도록 시키고, 자신은 아침식사를 계속했다. 그

116

동안 물쥐와 수달은 머리를 맞대고 강둑의 얘기를 시작했다. 끝없이 흐르는 강물처럼 끝도 없는 얘기였다.

수달이 프라이한 햄 한 접시를 깨끗이 비우고 조금 더 달라고 할 때 오소리가 하품을 하고 눈을 비비며 들어와 그들 모두를 조용히 맞으며 자상하게도 각자에게 잘 잤는지 물었다.

"이제 점심 시간이 다 되었지?"

오소리가 수달에게 물었다.

"햄은 그만 먹고 우리들하고 함께 식사하는 것이 더 좋지 않을까? 어쨌든 너 몹시 배가 고팠던 것 같구나. 이 추운 날 배까지 고팠으니 견디기 힘들었겠는데."

"말이 필요 없지."

수달은 이렇게 대답하며 두더지에게 눈을 깜빡여 보였다.

"이 고슴도치들이 프라이한 햄을 게걸스럽게 먹는 모습을 보니 더 견딜 수가 없던데."

오트밀 죽만을 먹고 햄을 프라이한 다음이어서 또다시 시장기를 느끼던 고슴도치들은 미안하다는 듯이 오소리를 바라보았다. 그러나 수줍음을 몹시 타는 성격이어서 말을 하지는 못했다.

"자, 너희 어린이들은 이제 엄마한테 돌아가도록 해라."

오소리가 자상하게 말했다.

"너희들에게 길을 가르쳐 주도록 누군가를 함께 가도록 해주마. 오늘 저녁도 여기서 지내고 싶지는 않겠지?"

오소리는 두 어린 고슴도치들에게 각각 6펜스씩 쥐어 주고 머리를 쓰다듬었다. 그러자 두 고슴도치는 공손히 모자를 벗고, 이마를 대고 비비는 인사를 했다.

남아 있는 동물들은 점심식사를 했다. 오소리의 옆자리에 앉게 된 두더지는 물쥐와 수달이 강둑 얘기에 파묻혀 다른 동물들에게는 적절한 주의를 기울이지 못한다는 것을 깨달았다. 그래서 이 기회를 이용해 오소리에게 자신은 이런 곳에 들어오면 꼭 집에 돌아온 것처럼 편안해진다는 얘기를 해야겠다고 생각했다.

"일단 땅 속으로 들어오면."

두더지가 말했다.

"자신이 어디에 있는지를 정확히 알게 되고, 다른 누구로부터도 위협을 받지 않아. 나한테 불리한 일이 일어날 리 없다는 것을 잘 알고 있으니까. 완전히 자신감을 되찾고, 다른 누구로부터도 이래라저래라 하는 소리를 들을 필요가 없고, 또 다른 동물들의 행동에 신경을 쓰지도 않지. 바깥 세상은 언제나 소란스럽지. 하지만 그들이 하는 대로 내버려두고 신경을 쓰지 않으면 되잖아. 그리고 나가고 싶으면 언제든지 나가고. 모두들 반가워하니까 말이야."

오소리는 이런 얘기를 듣자 미소를 지으며 두더지에게 얘기했다.

"내가 하고 싶었던 얘기도 바로 그런 거였어. 땅 속 세계를 벗어나면 안전함이나 평화 혹은 평정을 느낄 수는 없어. 그리고 너는 몸도 커지고, 더 넓은 집을 가지고 싶어지면 구멍을 파면 되잖아. 집이 너무 크다고 생각되면 구멍을 두어 개쯤 파다가 그만두면 되고, 건축가도 필요 없고, 기술자도 필요 없지. 네 집을 둘러본 친구들의 평에 신경을 써야 할 이유도 없고. 그리고 그 무엇보다도 안전하지.

물쥐를 보라구. 그 친구는 물이 조금만 넘쳐 들어오면 세를 얻어 나가야 하지. 불편하고 번잡스러운 처지잖아. 게다가 생활비도 엄청나게 많이 들고.

두꺼비는 또 어떻고. 그 친구의 저택인 토드 홀에 특별한 억하심정은 없어. 이 구역에서는 가장 좋은 집이잖아. 하지만 그 집에 불이라도 나는 경우를 생각해 봐. 두꺼비는 어떻게 되는 거지? 벽은 금이 가고 무너지며 창문이 부서지는 경우를 생각해 봐. 두꺼비는 어떻게 되겠어? 방에 바람이 새어 들어오는 경우만 해도 그렇지. 두꺼비는 어떻겠어? 나는 바람이 새어 들어온다는 건 생각만 해도 견딜 수 없는데 말이야. 그래, 밖으로 나가 돌아다니며 생활을 준비하고, 결국에는 땅 속으로, 집으로 돌아오지. 집이란 그런 것 아니겠어?"

두더지는 그 의견에 전적으로 동의했다. 그리고 그런 얘기를 들으니 오소리에게서 더욱 큰 호감을 느낄 수 있었다.

"점심식사가 끝나면."

오소리가 말했다.

"내가 집을 구경시켜 줄게. 마음에 들 거야. 그리고 가정집은 어떻게 꾸며져야만 하는 건지도 깨닫게 될 거야."

점심식사가 끝난 후, 물쥐와 수달이 구석의 굴뚝 앞에 자리를 잡고 앉아 뱀에 대한 뜨거운 논쟁을 벌이는 동안, 오소리는 약속한 대로 집을 구경시켜 주기 위해 랜턴을 집어들고 두더지에게 따라오라고 손짓했다.

그들은 홀을 지나 큰 복도로 들어섰고, 두더지는 흔들리는 랜턴의 불빛에 비치는 크고 작은 문들을 볼 수 있었다. 조그만 찬장문도 보였지만 토드 홀의 식당 문처럼 큰 문도 보였다. 오른쪽의 좁은 복도를 지나자 또다시 큰 복도가 나타났다. 두더지는 너무도 크고 화려해 현기증을 느낄 정도였다. 희미하게 보이는 복도를 지나자 둥근 천장의 지하실이 나타났다. 기둥, 아치문, 통로 그 모두가 상당한 수준의 석공술로 이루어진 저장실이었다.

"오소리, 도대체 너는 어떻게."

마침내 두더지가 입을 열었다.

"이렇게 큰 집을 지을 수 있었니? 시간과 힘이 엄청 필요했을 텐데 말이야. 놀랍기만 하다."

"놀랍다는 표현도 과장은 아니지."

오소리가 가볍게 말했다.

"내가 지었다면 말이지. 하지만 사실대로 말하자면 나는 이 집의 건축하고는 아무 상관 없어. 그저 나한테 필요한 방과 복

120

도를 청소할 뿐이지. 너무나 큰 집이라 다 필요하지도 않거든. 내 말을 이해하지 못하는 것 같으니 설명을 해주어야겠구나.

　오래 전에, 자연림이 지금과 같지 않을 때, 지금과는 달리 나무라곤 한 그루도 없었을 때 말이야, 여기에는 도시가 있었어. 사람들의 도시가. 여기에서, 너와 내가 서 있는 바로 여기에서 사람들은 잠도 자고, 걸어다니고, 얘기하면서 각자의 일을 하기도 했지. 바로 여기에 그들의 말을 묶어놓고 연회를 벌이기도 하고, 여기에서 말을 타고 전쟁터로 나가거나 장사를 하러 가기도 했지. 굉장한 사람들이었지. 돈도 많고 건축술도 뛰어난 사람들이었어. 그래서 아주 오래 버틸 수 있는 건물들을 지었지. 그들의 도시가 영원할 것이라고 생각했던 거야."

　"그럼 그 사람들은 어떻게 되었는데?"

　"누가 알겠니?"

　오소리가 말했다.

　"사람들은 잠시 여기로 와서 살며 번영을 누리고 집을 짓고는 어디론가 가 버렸어. 그것이 그들의 생활방식이니까. 그렇지만 우리는 남아 있지. 우리 오소리들은 아주 오래 전부터 여기에 있었다고 하더구나. 그 도시가 세워지기 전부터 말이야. 그리고 지금도 여기를 지키고 있지. 우리는 많은 고생을 했고, 어쩌면 한때 이곳을 떠나 다른 곳에서 살았는지는 모르겠어. 하지만 인내심을 가지고 기다리다가 돌아온 거야. 앞으로도 언제까지나 여기를 지킬 거고."

122

"그들이 마지막으로 여기를 떠난 것은 언제였는데? 그 사람들 말이야."

두더지가 말했다.

"그들이 떠난 것은."

오소리가 계속 말했다.

"바람이 강하게 불고 비가 퍼부을 때였지. 비는 몇 년을 두고 끊임없이 퍼부었어. 우리 오소리들도 우리 나름대로 그들을 좀 도왔는지도 모르지. 어쨌든 그 도시는 폐허로 변해 점점 물 속으로 잠기다가 마침내 사라지게 되었지.

그리고 오랜 시간이 흐르자 조금씩 조금씩 다시 올라오기 시작했어. 씨앗이 어린 나무가 되고, 어린 나무는 큰 나무가 되어 숲을 이루기 시작했어. 양치류와 가시나무들이 숲이 이루어지는 것을 도왔고, 겨울 홍수는 모래와 흙, 진흙을 날라와 도시의 잔해를 깊숙이 파묻었어. 그 와중에 집이 다시 우리를 맞이할 준비가 되자 돌아온 거야.

우리 위쪽, 땅 위에서도 같은 변화가 일어났지. 많은 동물들이 돌아왔고, 눈에 보이는 풍경이 마음에 들어 흩어져서 각각의 구역을 정하고 자리를 잡고 번성한 거야. 그들은 과거로 인해 괴로워하지 않지. 전혀 생각하지도 않아. 그러기에는 너무도 바쁘거든. 당연한 일이지만 이곳은 그런 변화를 겪다 보니 언덕도 많고 울퉁불퉁한 곳도 많고 구멍도 많아. 그렇지만 그런 것들은 우리에게는 오히려 유익해.

그리고 동물들은 미래 또한 걱정하지 않아. 사람들이 돌아올지도 모르는 미래에 대해서는 말이야. 이제 자연림에서는 좋건 나쁘건 각자에게 정해진 곳에 많은 동물들이 살고 있어. 이름도 모르는 동물들도 많지. 하나의 세상이 만들어지려면 모든 종류의 동물들이 필요하잖아. 그렇지만 너도 이제는 그들 모두에 대한 네 나름대로의 생각을 가지게 되었을 거야."

"사실 그래."

두더지는 자연림에서 겪었던 공포를 회상하며 약간 몸을 떨기까지 했다.

"그래, 그래."

오소리는 두더지의 어깨를 두드리며 말했다.

"처음으로 그들을 대했기 때문이야. 하지만 실제로는 그들도 나쁜 동물은 아니야. 그리고 우리 모두는 서로를 도와가며 살아야 하고. 어쨌든 내일 나는 모두에게 연락을 해야겠어. 그러면 너도 더 이상은 곤란한 경우를 당하지 않을 거야. 내 친구라면 마음 내키는 곳 어디든지 숲속을 돌아다닐 수 있어. 만약 그렇지 못하다면 내가 가만히 있지 않을 테니까."

그들이 주방으로 돌아왔을 때 물쥐는 매우 불안해 하는 모습으로 서성거리고 있었다. 물쥐는 땅 속이라는 상황을 오래 견디지 못했고, 또 강이 그가 곁에 있으면서 돌보아 주지 않으면 도망가 버릴 것만 같아 걱정이었다. 그래서 물쥐는 코트를 걸치고 벨트에 다시 권총을 찔러넣었다.

"가자, 두더지야."

두더지가 주방으로 들어오는 것을 보자마자 물쥐가 말했다.

"어두워지기 전에 자연림 밖으로 나가야 해. 또다시 밤에 자연림 속에서 헤매고 싶지는 않을 것 아냐."

"그 점은 걱정하지 않아도 괜찮아."

수달이 말했다.

"내가 함께 가줄 테니까. 나는 눈을 감고도 돌아다닐 수도 있을 만큼 자연림을 잘 알거든. 그리고 한방 먹여야 할 얼굴이 나타나면 나한테 살짝 얘기만 해. 내가 처리해 줄 테니까."

"그래, 안달하지 마, 물쥐야."

오소리가 차분하게 덧붙여 말했다.

"우리 집의 동굴은 네가 생각하는 것보다 훨씬 복잡해. 숲 가장자리로 직접 나갈 수 있는 동굴도 여럿 있거든. 그건 비밀도 아니야. 그리고 지금이라도 돌아가고 싶다면 그 중의 한 동굴을 통해서 나가. 지름길이니까. 그리고 여기 있는 동안에는 편안한 마음으로 있어. 자, 모두들 앉으라구."

그러나 물쥐는 자연림을 나가 강둑으로 돌아가고 싶은 마음에 조바심이 났고, 오소리는 그의 그러한 태도를 보자 다시 랜턴을 집어들고 앞장 서서 습하고 바람도 통하지 않는 곳에 들어섰다. 꼬불꼬불하고, 어떤 곳은 천장이 높고, 어떤 곳은 단단한 바위를 뚫느라 천장이 낮기도 한, 전체 길이가 몇 마일은 되는 것만 같은 동굴이었다. 마침내 입구를 통해 비치는 햇빛이 여기저기에 어지럽게 무늬를 만드는 곳에 다다랐다. 오소리는 거기에서 그들과 작별 인사를 한 다음 그들이 나갈 수 있도록 도와 주었다. 그리고 잔가지와 나뭇잎 등으로 입구를 자연스럽게 가린 다음 되돌아갔다.

입구를 나온 세 마리의 동물은 그곳이 자연림의 가장자리임을 깨달았다. 바위, 가시나무, 나무 뿌리가 어지럽게 뒤엉킨 자연림은 그들의 뒤편으로 보였다. 앞쪽에는 눈 위에 울타리나무가 검은색으로 줄을 그리며 에워싼 고요하고 광활한 평야가 펼쳐져 있었다. 그리고 그 너머로 더없이 친숙한 강이 번쩍거리며 흐르는 것이 보였고, 겨울 해는 붉은 빛을 뿌리며 수평선에 낮게 걸려 있었다.

모든 길을 잘 알고 있는 수달이 앞장 서서 걸었고, 물쥐와 두더지는 일렬로 서서 그의 뒤를 따라 걸었다. 그들은 잠시 걸음을 멈추고 뒤를 돌아보았다. 광활하게 흰 눈으로 덮인 숲이 우거지고 위협적인, 빽빽하면서 냉혹한 자연림 전체를 볼 수 있었다. 그들은 재빨리 돌아서서 집을 향해 걸었다. 벽난로에서는 따뜻한 불이 타오르고, 창 밖에서는 항상 그들 모두가 신뢰하며, 절대로 그들에게 두려움이나 놀라움을 안겨 주지 않는 강물 소리가 즐겁게 들려오는 곳을 향해 걸었다.

잘 알고 있고 또 좋아하는 것들 사이에 있게 된다는 강렬한 기대감을 안고 다급히 걷던 두더지는 자신이 들판과 울타리 나무 세계의 동물임을 명확히 깨달았다. 자신은 경작되는 들판,

봄이 되면 생명을 되찾는 초원, 한가로운 저녁 길, 잘 가꾸어진 정원과 함께하는 동물이었던 것이다. 그렇지만 거칠고, 지독할 정도로 고집이 세고, 요란하게 싸움을 벌이는 다른 동물들도 모두 함께 어우러져 자연을 이룬다. 그러므로 그는 현명해야만 한다. 그가 속해 있으며, 나름대로 충분한 모험을 펼칠 수 있는 곳의 즐거운 장소를 삶이 다할 때까지 지켜야만 한다.

5. 초라한 우리 집

우리 안에서 자라는 양들은 가냘프게 울어대며 떼를 지어 몰려다니고, 가끔은 추위를 이겨내느라 그 조그만 앞발을 동동 구르기도 했다. 그리고 떼를 지어 몰려다니기에 금방 하얗게 변하는 그들이 내뿜는 콧김은 멀리서 보기에는 구름이 피어오르는 것만 같았다. 물쥐와 두더지는 많은 얘기를 하고 웃으며 즐거운 기분을 간직한 채 빠른 걸음으로 양들의 우리 곁을 지나갔다. 그들이 수달과 함께 그들의 강이 처음 시작되는 시냇물이 흐르기 시작하는 고지대의 여기저기를 살펴보며 여기까지 오는 데만도 거의 하루 종일 걸렸다.

이미 겨울날의 그림자는 그들을 뒤덮기 시작했지만, 아직 그들이 가야 할 길은 멀었다. 간혹 경작된 밭을 가로질러 걷기도

하던 그들은 양떼의 울음소리를 듣고서 그 쪽으로 왔었다. 그리고 양 우리를 따라 걷는 길은 평탄한 길이어서 훨씬 쉽게 걸을 수 있었다. 양들의 울음소리에 대꾸를 해줄 수도 있었다. 더욱이나 모든 동물의 마음 속에 들어 있는 그 무엇인가가 그들에게 분명히 얘기하는 소리도 들을 수 있었다.

'그래, 맞았어, 이 길이 집으로 가는 길이야!'

"우리가 마을로 가는 길에 들어선 것 같은데."

두더지는 걱정스레 이렇게 말하며 걸음을 늦추었다. 산길로부터 시작해 오솔길을 걸어온 그들이 이제 자갈이 곱게 깔린 길에 접어들었던 것이다. 동물들은 마을에는 가까이 가지 않고, 마을 사람들의 도로를 이용하지도 않는다. 그 도로를 걸으면 쉽게 목적지에 이를 수 있는 경우도 있지만, 그럴 때마다 교회, 우체국, 목로주점 등을 피해 그들만의 길을 이용한다.

"걱정할 것 없어."

물쥐가 말했다.

"매년 이 계절의 이맘 때에는 모두들 집안에만 있으니까 아무 일도 없을 거야. 남자, 여자, 아이들, 개, 고양이까지 모두들 벽난로 앞에 모여 앉아 있지. 우리는 어떤 소동이나 불쾌한 일도 일으키지 않고 마을을 지나갈 수 있어. 또 너만 좋다면 창문으로 안에서 뭘 하는지를 들여다볼 수도 있고."

그들이 첫눈이 쌓인 거리를 가볍게 걸어 마을에 들어섰을 때는 빠르게 접근하는 겨울날의 어둠이 마을 전체를 완전히 감싼 다음이었다. 보이는 것이라고는 길 양쪽으로 늘어선 뿌옇게 보이는 창문에서 어두운 바깥 세상으로 흘러나오는 각 가정의 벽난로와 램프 불빛이 전부였다.

나지막한 곳에 있는 대부분의 격자창에는 커튼이 드리워 있지 않아 바깥의 구경꾼들이 집안의 조그만 테이블 주위에 모여 앉아 간단한 일을 하거나, 손짓을 해가며 웃고 얘기하는 사람들의 모습을 자유롭게 볼 수 있었다. 집안의 사람들에게는 지켜보는 시선을 전혀 의식하지 않는 우아함이 있었다. 유능한 배우라면 반드시 손에 넣어야 할 꾸미지 않은 우아함이었다.

그들은 발길 닿는 대로 이리저리 옮겨다니며 이집 저집 들여다보았다. 고양이를 쓰다듬어 주고, 졸려 하는 아기를 번쩍 안아 침대에 눕히고, 혹은 피곤해 하는 남자가 기지개를 켜고 아직 불길이 옮겨 붙지 않은 나무의 끝부분에 피우던 파이프 담배를 툭툭 쳐서 비우는 광경을 볼 때는 그들의 눈에 간절함이 깃들기도 했다.

그렇지만 그들이 집을 강렬하게 그리워하게 된 것은 커튼으로 가려 뿌옇게만 보이는 조그만 창문을 보았을 때였다. 어려운 일들이 가득한 넓은 세상과 단절된 집을 보았을 때는 가슴이 두근거리기까지 했다.

그 흰색 커튼 가까이에는 새장이 있어 그 그림자가 명확하게 비쳤다. 철사와 횟대 등 새장의 모든 것을 뚜렷이 구분해 알아볼 수 있었다. 어제 넣어 준 가장자리가 깨진 설탕 덩어리까지

알아볼 수 있었다. 털로 뒤덮이고 머리를 날개 속에 파묻고 있는 그 새장의 주인은 가운데 횟대에 앉아 있다. 그 새의 모습이 너무도 뚜렷이 보이고 가까이 있는 것처럼 느껴져, 만약 그들이 앞발을 뻗어 머리를 쓰다듬어 주려고만 한다면 그럴 수도 있을 것만 같았다. 새의 겉으로 삐져 나온 깃털까지도 흰 종이에 연필로 그려 놓은 듯했다. 그들이 지켜보는 동안, 졸던 새는 잠에서 깨어나 몸을 흔들며 머리를 치켜들었다. 그들은 새가 짜증을 내며 부리를 벌리고 하품을 한 다음 주위를 돌아보고 다시 깃털 속에 머리를 파묻는 모습을 볼 수 있었다. 쭈뼛해졌던 털도 다시 수그러들었다.

그때 그들의 뒤편에서 진눈깨비가 목을 스치고 지나갔다. 갑작스러운 바람에 날려 목에 닿는 차가운 진눈깨비는 꿈 속에 잠겨 있던 그들을 깨웠다. 발은 차갑고 다리는 피곤한 데다 자신들의 집까지는 아직도 멀다는 사실을 깨달았을 뿐이다.

늘어선 집들이 갑자기 끝나고 일단 마을을 벗어나게 되자 그들은 길 저편에서 풍겨오는 친근한 들판의 냄새를 맡을 수 있었다. 집으로 가는 길의 마지막 지역에 들어섰다. 더 이상 걷지 않아도 된다는 사실을 가르쳐주는 마지막 길이었다. 이 길만 걷고 나면 가끔 문의 빗장이 덜컥거리고, 불빛이 깜박거리는 등등의 친근한 광경이 마치 오랫동안 해외에 나가 있다 돌아오는 여행자를 맞아주는 것처럼 그들을 반겨 주리라.

그들은 각자 자신만의 생각을 하며 조용히 그리고 꾸준히 걸

었다. 세상이 칠흙처럼 어두웠기에 두더지는 저녁식사를 생각
했다. 그러면서도 길 안내는 전적으로 물쥐에게 맡기고 얌전히
그의 뒤를 따라 걸었다. 습관대로 약간 앞장 선 물쥐는 어깨를
늘어뜨리고 앞으로 펼쳐져 있는 어둠에 싸인 길만을 바라보고
걸었다.

　대단히 미묘한 육체적 감각을 잃은 지 오래인 우리들로서는
오직 '냄새를 맡는다'고 할 뿐, 살아 있거나 그렇지 않거나간
에 동물이 주위와 상호 교신하는 것을 설명할 적절한 단어조차
없다. 예를 들어, 밤에도 낮에도 끊임없이 떨리는 동물의 코끝
은 부름, 경고, 자극, 공격 대비 등등에 따라 미묘하게 달라지
는 것이다.

　이번에 어둠에 싸인 적막을 뚫고 날아와 두더지가 무엇인지
정확하게 기억하지도 못하면서 전율을 일으킬 수밖에 없도록
해준 것도 그렇게 신비로운 동화 속의 부름이었다. 두더지는
걸음을 멈추고 그 자리에 그대로 서서 그에게 그토록 강렬한
감동을 안겨 준 그 희미한 냄새를 다시 맡아 보려고 여기저기
를 돌아보며 코를 킁킁거렸다. 한순간 그 냄새를 다시 맡았다.
그리고 이번에는 그 의미를 확연히 깨닫게 되었다.

　집! 바로 그 의미이다. 강렬한 호소, 바람을 타고 날아오는
그 부드러운 감각, 그를 잡아 끄는 보이지 않는 조그만 손, 모
두가 한 방향에서이다! 오, 이 순간 매우 가깝게 느껴진다.

　두더지가 처음으로 강을 보게 되던 그날 충동적으로 떠처나

와 다시는 찾지 않았던 그의 집! 그런데 지금 그 집이 연락을 보내 두더지를 사로잡아 끌고 가려고 한다. 그 화창한 봄날 오전 집을 뛰쳐나온 후, 두더지는 집을 생각해 본 적이 없었다. 새로운 인생의 기쁨, 놀라움, 신기하고 매혹적인 경험들 속에만 깊이 빠져 있었다.

이제, 그 집은 밀려오는 옛추억과 함께 어둠 속에서 너무도 확연히 두더지의 코 앞에 서 있었다! 누추하기만 한 집이다. 조그맣고, 비치된 가구도 형편없다. 그렇지만 그의 집이다. 두더지가 스스로를 위해 짓고, 하루의 일을 끝내면 즐거운 마음으로 돌아오던 그의 집이다!

그 집도 두더지와 함께하며 행복했던 것이 분명하다! 두더지를 그리워하며, 그가 돌아오기를 기다렸던 것이다. 두더지의 코를 통해 슬픔에 젖어서 책망하듯이 그에게 그렇게 얘기한다. 그러나 노여워하거나 원한을 품지 않고 오직 호소하듯이 자기가 거기 있고 또 그가 돌아오기를 기다리고 있음을 상기시켜 줄 뿐이다.

그 부름은 명확하고 분명했다. 두더지는 즉시 그 부름에 따라 집에 돌아가야만 한다.

"물쥐야!"

두더지가 기쁨과 흥분에 휩싸여 소리쳐 불렀다.

"멈춰! 이리 돌아와! 빨리 와주었으면 좋겠어!"

"왜 그래, 두더지야? 빨리 따라와."

물쥐는 계속 걸으며 유쾌하게 소리쳤다.

"제발 멈춰, 물쥐야!"

가련한 두더지가 분노를 느끼며 간절히 소리쳤다.

"너는 모르는 모양인데, 내 집이야! 내 집이 나를 부르고 있어! 우연히 냄새를 맡았는데, 여기서 가까워. 아주 가깝다구! 그리고 나는 집으로 돌아가야만 해! 돌아가야만 한다구! 돌아와, 물쥐야! 제발 돌아오라구!"

이때 물쥐는 상당히 앞장 서서 걷고 있었다. 두더지가 무어라고 하는지 정확히 듣기에는, 더욱이 그의 목소리가 얼마나 고통스러운 호소를 담고 있는지를 깨닫기에는 너무 먼 거리였다. 그리고 날씨에 몹시 사로잡혀 있기도 했다. 왜냐하면 물쥐도 냄새를 알아챌 수 있었기 때문이다. 눈이 가까이 다가오는 듯한 의심이 들었다.

"두더지야! 우리는 지금 멈추면 안 돼, 정말이야!"

물쥐가 소리쳐 대답했다.

"네가 무얼 발견했든지, 내일 올 수 있잖아! 그렇지만 지금 멈출 수는 없어. 시간이 많이 늦었고, 또 눈이 가까이 오고 있어. 나는 그 점을 분명히 느낄 수 있어! 그리고 지금은 네 코가 몹시 필요할 때야, 두더지야. 그러니 빨리 따라와!"

물쥐는 이렇게 소리친 다음에 대답도 기다리지 않고 다시 걸음을 계속했다.

가련한 두더지는 멈추어 선 채 움직이지 않았다. 가슴이 찢어지는 것 같았다. 그리고 서러움이 복받쳐 올라왔다. 가슴 속 깊은 곳에 숨어 있던 서러움이 이제 바깥으로 빠져나오려고 한다. 격렬하게 빠져나오려고 한다. 그러나 이런 시련에도 불구하고 친구에 대한 그의 충실한 태도는 흔들리지 않았다.

반면에, 그의 집에서 날아오는 냄새는 간절히 속삭이고 애원했다. 그리고 마침내는 오만하게 돌아오라고 명령하기까지 했다. 그렇지만 마법의 테두리 안에서 더 이상 머뭇거릴 수는 없었다. 두더지는 감정을 억누르고, 머리를 숙이고 길만 바라보며 순종하는 태도로 물쥐의 뒤를 따라 걸었다. 그렇지만 희미한 냄새는, 놓치기 쉬운 냄새는 그의 코 끝을 떠나지 않고 새로운 친구를 따라가는 두더지를, 자신의 집을 냉혹하게도 잊으려 하는 그를 꾸짖었다.

두더지는 힘들었지만 걸음을 빨리해 물쥐와 나란히 서게 되었고, 아무 낌새도 채지 못한 물쥐는 즐겁게 얘기하기 시작했다. 집에 돌아가면 무엇을 할지에 관해, 응접실에서 타오르는 벽난로의 통나무를 보고 있노라면 얼마나 아늑한지, 그리고 밤참으로는 무엇을 먹을 것인지를 얘기했다. 그렇지만 자신의 친구가 침울한 상태에 빠져 아무런 얘기도 없다는 사실은 전혀 깨닫지 못했다.

마침내, 그들이 상당한 거리를 걸어와서 도로의 가장자리를 이루는 잡목림의 나무 그루터기들이 늘어선 곳에 다다랐을 때, 물쥐는 걸음을 멈추고 자상하게 말했다.

"두더지야, 너 몹시 피곤한가 보구나. 말 한마디도 없고, 발을 질질 끌면서 걷기에 하는 말이야. 우리 여기 앉아서 좀 쉬자. 눈은 아직 그렇게 많이 오지는 않았어. 그리고 힘든 길은 거의 지나왔고."

두더지는 힘없이 나무 그루터기에 앉으며 울음을 억누르려고 했다. 울음이 곧 터져 나올 것만 같았다. 오랫동안 싸웠지만, 울음은 억눌려 있는 것을 거부하려고 했다. 조금씩 조금씩 위로 올라와 밖으로 터져 나오려 했다. 한 덩어리의 울음을 억누르면, 다른 울음덩어리가, 또다른 울음덩어리가 그 뒤를 따라 올라왔다. 마침내 두더지는 억누르려는 몸부림을 포기하고 드러내놓고 마음껏 울기 시작했다.

이제 두더지는 모든 것이 끝났음을 알고 있었다. 또다시 붙잡기는 어려운 그 무엇인가를 놓친 것이다.

물쥐는 깜짝 놀라고 당황해 하며 한동안 아무 말도 못하고 두더지의 슬픔이 폭발하는 모습을 지켜보기만 했다. 그러다가 마침내 안쓰러움에 가득 차서 나지막하게 물었다.

"왜 그러니, 두더지야? 도대체 무슨 문제니? 무슨 문제이건 얘기를 해봐. 나도 알아야 도울 수 있지."

가련한 두더지는 가슴 속에서 설움이 울컥 복받쳐 올라 아무 말도 할 수 없었다. 솟구쳐 올라온 설움이 계속 목구멍을 막아버리지 않는가.

"나도 누추하고…… 보잘것없다는 것은…… 알아."

마침내 그가 흐느끼면서도 더듬더듬 얘기를 시작했다.

"네 아늑한 집이나 두꺼비의 화려한 저택이나 오소리의 커다란 집과는 달라……. 그렇지만, 내 집이야, 사랑하는 내 집이야. 그런데 집을 떠나고 나서 오랫동안 까맣게 잊고 지냈어. 그리고 갑자기 그 냄새를 맡았어.─길에서, 그때 너를 불렀는데, 너는 듣지 못했어, 물쥐야─그러자 모든 것이 밀려왔어! 나도 돌아가고 싶고…… 오…… 네가 돌아오지 않고 계속 걸어가니까 나는 그 냄새를 무시해야만 했어. 내 코 끝을 떠나지 않는데도 말이야. 내 가슴은 찢어지는 것 같았어. 우리는 내 집으로 가서 한번 살펴보고 올 수도 있었어, 물쥐야. 그저 살펴보고만 올 수도 있었지. 거기서는 가까운 곳이었으니까. 그렇지만 너는 돌아오지 않았어. 돌아오지 않았다구, 물쥐야! 오……."

얘기를 하는 동안 새로운 슬픔의 물결이 덮쳐 왔고, 흐느낌이 또다시 두더지를 움켜잡았다. 두더지는 더 이상 얘기를 할 수 없었다.

물쥐는 아무 얘기도 못하고 앞만 똑바로 바라보며 두더지의 어깨를 토닥거릴 뿐이었다. 그리고 잠시 시간이 흐른 다음 나지막하게 말했다.

"이제야 알겠다. 내가 욕심쟁이였구나. 그래, 나는 욕심쟁이였어. 미련한 욕심쟁이였어!"

물쥐는 두더지의 흐느낌이 점점 그 격렬함을 잃고 부드러워질 때까지 기다렸다. 물쥐는 두더지가 마침내 코를 훌쩍일 뿐

간헐적으로만 흐느끼게 될 때까지 기다렸다. 그리고 자리에서 일어나 가볍게 얘기했다.

"그럼 이제 움직이는 것이 좋겠다."

물쥐는 이렇게 말한 다음 그들이 이제까지 힘들여 걸어온 길을 되돌아가기 시작했다.

"너는 도대체, 딸꾹, 어디로 가는 거니, 딸꾹, 물쥐야?"

두더지는 계속 흐느끼며 물쥐가 걸어가는 방향을 보고 놀라서 물었다.

"네 집을 찾으러 가는 거야, 친구야."

물쥐가 유쾌하게 대답했다.

"그러니까 빨리 오는 것이 좋아. 찾기 어려울 테니, 네 코가 더더욱 필요하거든."

"오, 돌아와, 물쥐야, 정말이야!"

두더지가 몸을 일으켜 물쥐를 따라가며 소리쳤다.

"그래 봤자 헛수고야! 얘기했잖아, 너무 늦었고, 너무 어두워. 그리고 그곳은 아주 멀고! 게다가 눈이 오고 있어! 오, 그런 얘기는 절대로 하지 않는 건데, 내 실수였어. 내가 착각한 건지도 몰라! 그리고 강둑을 생각해 봐. 밤참도 그렇고!"

"강둑은 기다려 줄 거야! 밤참도 그렇고!"

물쥐가 진심으로 말했다.

"나는 네 집을 꼭 찾아내고 말 거야. 밤새 걸어야 할지라도 말이야. 그러니 기운을 내. 그리고 내 팔을 잡고 걷자. 네가 집

냄새를 맡았던 곳은 여기서 멀지 않잖아."

두더지는 여전히 코를 훌쩍이면서 단호한 친구에게 이끌려 마지못해 왔던 길을 되돌아갔다. 물쥐는 재미있는 일화들을 늘어놓기 시작했다. 두더지의 기운을 복돋워 주고 되돌아가는 길이 짧다고 느끼게 하기 위해서였다. 마침내 물쥐가 보기에 두더지가 '부름'을 들었다는 지점에 돌아온 것 같았다.

"이제 얘기는 그만하자. 중요한 일을 해야지. 냄새를 맡아 봐. 정신을 집중하고."

물쥐가 그것을 느낀 것은 그들이 잠시 아무 말도 없이 조용히 걷고 있을 때였다. 두더지와 팔짱을 낀 팔을 통해 두더지의 온 몸에서 희미한 전율이 이는 것을 느꼈던 것이다. 물쥐는 즉시 팔짱을 꼈던 팔을 빼내고 한 걸음 뒤로 물러나 두더지를 자세히 바라보았다.

신호가 오고 있다!

두더지는 잠시 그대로 서 있었다. 그리고 코를 약간 치켜올리고 벌름거리며 냄새를 맡기 시작했다. 그러다가 갑자기 한 걸음을 내딛고 확인을 했다. 그 다음에는 천천히 자신감을 가지고 앞으로 나아갔다.

물쥐는 흥분하여 두더지의 뒤를 따랐다. 두더지는 몽유병자처럼 마른 웅덩이를 지나고, 울타리 나무 사이를 헤집고, 오직 별빛만을 받아 어둡고 길도 없는 앙상한 들판을 가로질러 계속 걸어갔다.

갑자기 아무런 사전 징후도 보이지 않고, 두더지가 펄쩍 뛰어내렸다. 그러나 물쥐도 긴장하고 있었기에 어렵지 않게 두더지의 뒤를 따라 굴로 뛰어내려 결코 실수하지 않는 두더지의 코가 이끄는 대로 걸었다.

답답하고 바람도 통하지 않았으며 흙냄새만이 강하게 풍겨오는 곳이었다. 물쥐가 느끼기에는 상당히 오랫동안 그 통로를 걸었던 것만 같았다. 그러나 마침내 통로가 끝나는 곳에 도달해 똑바로 서서 팔다리를 쭉 펴보고 흔들어 볼 수 있었다.

두더지는 성냥을 그었고, 물쥐는 그 불빛 덕분에 그곳이 어떤 곳인지를 둘러볼 수 있었다. 상당히 넓은 공간이고, 물쥐가 서 있는 모래 마당은 판판하게 잘 다듬어진 상태였다. 그리고 바로 앞에는 두더지의 집의 조그만 현관문이 보였다. 문 바로 옆에는 〈두더지 집〉이라는 글자가 크게 페인트로 써 있었다. 그리고 그 위로 초인종 줄도 보였다.

두더지는 벽의 못에 걸려 있는 등을 내려서 불을 밝혔다. 물쥐는 그 불빛으로 인해 밝아진 주위를 둘러보았다.

그들이 서 있는 곳은 일종의 안마당이었다. 한쪽 가장자리에는 정원 의자가 놓여 있고, 그 반대편에는 롤러가 있다. 집에 있을 때 집을 단정하게 꾸미는 두더지가 다른 동물들이 들어와 뛰놀아서 파헤쳐진 흙을 평평하게 다질 때 사용하는 도구였다.

벽에 걸린 바구니에는 양치 식물들이 담겨 있고, 가리발디, 어린 사무엘, 빅토리아 여왕 그리고 현대 이탈리아 영웅들의 석고 인형이 담겨 있는 바구니도 보였다. 안마당의 한쪽은 스키틀 놀이장으로 꾸며져 있었고, 그 놀이장을 따라 벤치와 고리가 달려 있어 맥주통을 재활용했음을 알게 해주는 테이블이 놓여 있었다.

마당 가운데에는 금붕어가 노니는 연못이 있었고, 그 가장자리를 조가비로 장식해 놓았다. 그리고 그 연못의 한가운데에는 많은 조가비 위에 은색 유리 공이 놓인 장식이 설치되어 있었다. 모든 것을 이상하게 보이도록 비춰 주어서 재미있다는 느낌이 드는 장식이었다.

자신에게는 너무도 소중한 그 모든 것을 바라보는 두더지의 얼굴이 밝아졌다. 문을 열고 물쥐를 안으로 인도해 집안으로 들어선 두더지는 복도의 등을 켜고 자신의 집을 둘러보았다. 어디에나 먼지가 두텁게 쌓여 있었다. 오랫동안 버려 놓아서인지 생기 없고 공허한 분위기가 역력했다. 집안은 좁고 초라하며, 집안의 물건들은 낡고 보잘것없게만 보여, 두더지는 홀의 의자에 털썩 주저앉아 앞발에 얼굴을 묻고 울었다.

"물쥐야."

두더지가 우울하게 말했다.

"내가 왜 이랬을까? 왜 이 한밤중에 너를 이런 누추하고, 춥고 협소한 곳으로 데려왔을까? 지금쯤 너는 강둑의 집으로 돌아가 좋은 것들에 둘러싸여 활활 타오르는 벽난로의 불 앞에서 몸을 녹이고 있을 수 있었는데 말이야."

물쥐는 자신을 꾸짖으며 슬퍼하는 두더지의 태도에 전혀 신경 쓰지 않았다. 그리고 빠른 걸음으로 여기저기를 돌아보며 문을 열어보고, 찬장과 여러 방을 살펴보고, 여기저기에 놓여 있는 등과 촛대에 불을 밝혔다.

"정말로 멋진 집이구나!"

물쥐가 흥분하여 소리쳤다.

"굉장히 단정하게 잘 꾸며 놓았어. 필요한 건 다 있고, 또 제자리에 놓여 있어! 이 밤을 여기서 얼마든지 즐겁게 보낼 수 있겠다. 우리가 가장 먼저 해야 할 일은 벽난로의 불을 피우는 거야. 내가 해볼게. 나는 어디를 가든지 항상 필요한 것을 어디서 찾아야 하는지를 알고 있거든. 그러니까 여기가 네 집의 응접실이야? 훌륭해! 네 자신만의 아이디어에 따라 꾸민 응접실이란 말이지? 대단해. 벽에 간이침대를 설치한 것도 그렇고. 굉장해! 자, 나는 나무와 석탄을 가져다가 불을 피울 테니, 너는 먼지를 털어, 두더지야. 먼지떨이는 주방 테이블의 서랍에 들어 있을 거 아냐……. 그리고 여기저기를 걸레로 좀 닦아야겠다. 부지런히 움직이자구, 친구!"

격려해 주는 친구의 도움에 힘입어 기운을 낸 두더지는 열심히 활기차게 먼지를 털고, 걸레로 닦기 시작했다. 그동안 물쥐는 여기저기를 오가며 한아름 가득 땔감을 가져왔다. 그 덕분에 곧 굴뚝으로는 연기가 뿜어져 나가고, 벽난로에서는 불이 타오르기 시작했다. 물쥐는 몸을 녹이라며 두더지를 불렀다.

그러나 두더지는 또다른 슬픔에 잠겨 긴 의자에 앉아 절망감에 사로잡혀 더러워진 앞발에 얼굴을 묻었다.

"물쥐야."

두더지가 침울해 하며 말했다.

"네 저녁식사는 어떻게 하니? 피곤하고, 춥고, 배까지 고픈데, 저녁식사는 어떻게 하니? 우리 집에는 먹을 거라고는 전혀 없어. 빵 한 조각도 없다니까."

"너는 왜 그렇게 포기를 잘하니?"

물쥐가 꾸짖듯이 말했다.

"조금 전에 주방에서 깡통 따개를 보았어. 분명히 보았지. 그건 주위 어딘가에 정어리 통조림이 있다는 의미야. 일어나. 그리고 정신을 가다듬고 나와 함께 찾아보자구!"

그들은 정어리 통조림을 찾아 나섰다. 모든 찬장을 열어 보고, 서랍도 열어 보았다. 물론 그 결과가 더 이상 좋을 수 없는 정도는 아니었지만, 결코 실망스럽지도 않았다. 정어리 통조림 한 통, 거의 가득 들어 있는 비스킷 한 상자, 그리고 은박지에 싸여 있는 독일 소시지를 찾아낸 것이다.

"연회를 준비할 수도 있겠다!"

물쥐가 식탁을 차리며 말했다.

"우리가 불러 주기를 학수 고대하고 기다리는 동물이 있다면 얼마든지 불러!"

"빵이 없어."

두더지가 괴로워하며 말했다.

"버터도 없고, 또······."

"고기 파이도 없지?"

물쥐가 싱긋 웃으며 놀리듯이 말했다.

"그러고 보니 생각나는데, 복도 끝에 있는 문은 무슨 문이지? 식품 저장실 같은데, 그렇지? 이 집에는 없는 게 없잖아. 잠깐만 기다려 봐."

물쥐는 식품 저장실 문을 열고 들어갔다. 그리고 잠시 후 먼지를 뒤집어쓰고 나타난 그의 양쪽 앞발에는 각각 맥주병이 들려 있고, 양쪽 겨드랑이에도 한 병씩 끼고 있었다.

"갑자기 네가 욕심 많은 거지처럼 보이는데. 숨겨 놓고 없다고만 했잖아, 두더지야."

물쥐가 말했다.

"변명할 것 없어. 네가 왜 그랬는지 이해하니까. 어쨌든 여긴 내가 가 본 집들 중 가장 즐거운 집인데. 그런데 너는 어디서 영향을 받아 이렇게 꾸며 놓은 거야? 여기는 즐거운 집의 모델인 것 같은데, 정말이야. 네가 집을 그리워한 것도 당연하다는 생각이 든다, 친구. 어떻게 이런 집을 짓고, 또 이렇게 꾸밀 수 있었는지 얘기를 해주겠니?"

물쥐가 바쁘게 움직이며 접시, 포크, 나이프를 식탁에 갖다 놓고 달걀 컵에 겨자를 푸는 동안, 조금 전까지 슬픔에 사로잡혔던 마음이 완전히 진정되지 않은 두더지는 처음에는 수줍게,

그러나 점점 자유롭게 이 집을 찾아낸 얘기로부터 아주머니에게서 물려받은 유산으로 싼 가격에 사고, 어떻게 계획을 세워 어떻게 꾸몄는지를 얘기했다. 놀러 다니지도 않고 알뜰히 저축한 돈으로 자질구레한 것들을 사들였다는 얘기도 했다.

이런 얘기를 하며 마침내 기분이 정상으로 돌아오자, 두더지는 자신의 물건들을 보살펴야 할 필요를 느끼고, 다급한 저녁 식사는 잊고서 등을 들고 이리저리로 옮겨다니며 각각의 물건들을 밝게 비추어 손님에게 자세히 보여주며, 각각의 물건에 얽힌 얘기들을 장황하게 늘어놓았다. 물쥐는 배가 몹시 고팠지만 그런 내색을 하지 않으려고 안간힘을 썼다. 그리고 두더지의 설명을 들으며 머리를 끄덕이기도 하고, 양미간을 찌푸리고 자세히 살펴보며 가끔씩 칭찬을 늘어놓을 기회가 주어지면, '훌륭한데!' 혹은 '정말 특이해!' 라고 탄성을 터뜨렸다.

마침내 물쥐가 두더지를 식탁으로 끌어들이는 데 성공했다. 그리고 힘들여 정어리 통조림을 열었을 때 안마당에서 들려오는 소리를 들었다. 조그만 동물들이 조용히 자갈이 깔린 부분을 따라 움직이고, 조그만 목소리로 속삭이는 소리였다.

"자, 모두들 줄을 지어 서라. 등을 조금 높이 들고…… 내가 신호한 다음에는 절대로 기침을 해서는 안 된다. 빌은 어디 갔니? 자, 그럼 모두 준비되었지?"

"저건 뭐지?"

통조림 따개를 내려놓으며 물쥐가 물었다.

"들쥐들이야."

약간 자부심을 느끼는 듯한 태도로 두더지가 대답했다.

"매년 이맘 때면 정기적으로 이집 저집을 돌아다니며 캐롤송을 불러줘. 이 구역에서는 완전히 관례로 굳어진 일이야. 그리고 우리 집은 그냥 지나치는 법이 없어. 두더지의 집은 해마다 맨 마지막으로 들르는 거야. 그러면 나는 따뜻한 음료나, 여유가 있으면 밤참도 대접했지. 저들의 노래를 듣게 되다니, 정말 옛날로 돌아온 것 같구나."

"나도 나가서 좀 보자!"

물쥐는 이렇게 소리치며 튀듯이 일어나 문으로 달려갔다.

그들이 활짝 문을 열었을 때 보이는 광경은 계절에 걸맞는 아름다운 광경이었다. 빨간색 목도리로 목을 두르고, 앞발은 주머니에 찔러넣고, 발을 동동거리며 타원을 그리며 서 있는 여덟 혹은 열 마리의 들쥐들! 반짝이는 눈으로 서로를 돌아보고, 쿡쿡 찌르고, 웃기도 하며 몸을 움츠리는 귀여운 모습. 문을 열자 그들 중 나이 많은 들쥐가 막 이렇게 말하고 있었다.

"자, 하나, 둘, 셋!"

곧 높고 귀여운 목소리가 울려 퍼졌다. 그들이 부르는 것은 선조들이 휴경지의 서리 내린 들판에서나 혹은 눈에 발이 묶였을 때 난롯가에서 작곡하여 크리스마스 때 진흙투성이의 길거리에서 불 밝힌 창문을 향해 부를 수 있도록 후세에 전해준 오래된 캐롤들 중의 한 곡이었다.

152

〈캐롤〉

마을 사람들아 모두들 추위는 밀려오지만,
문을 활짝 열어라.
바람이 불어오고, 눈이 날려 들어올지라도,
우리를 맞아들여 함께 주님을 기다리세.
아침이 되면 기쁨이 당신을 찾아오리니.

우리는 여기 춥고 얼어붙은 땅 위에 서서,
호호 손을 불고 발을 구르네.
당신에게 인사 드리러 멀리서 와서,
당신은 따뜻한 곳에 우리는 추운 곳에
아침이면 기쁨이 당신과 함께하기를!

이 밤은 반이 지나가고,
갑자기 나타난 별이 우리를 인도하네.
천국의 기쁨과 축복이 비처럼 내리네.
내일의 기쁨 계속되어라,
아침마다 기쁨이어라!

착한 사람 요셉은 눈밭을 걸어,
미구간 위에서 반짝이는 별을 보네.

마리아는 더 이상 가지를 않네,
반가운 초가집, 마구간의 잠자리!
아침이면 기쁨이 그녀를 찾네!

천사가 말하네,
'누가 먼저 아기 노엘에게 경배드리겠느냐?'
모든 동물이 먼저 무릎을 꿇네,
그들이 살고 있던 마구간에서!
아침이면 기쁨이 그들을 찾으리!

노래가 끝나고, 그들은 수줍어하면서도 미소를 지으며 서로를 흘깃흘깃 돌아보았다. 잠시 정적이 이어졌다. 그러나 그 정적은 순간일 뿐이었다. 높은 곳에서 그리고 멀리에서, 그들이 조금 전에 걸어왔던 굴을 통해서, 예수의 탄생을 알리는 기쁨의 종소리가 음악소리처럼 들려온 것이다.

"잘 불렀다, 애들아!"

물쥐가 진심으로 기뻐하며 소리쳤다.

"이제 모두들 들어오너라, 불을 쬐며 몸을 녹이고, 따뜻한 음식을 먹어라."

"모두들 들어와, 들쥐들아."

두더지도 간절히 소리쳤다.

"옛날로 돌아온 것 같구나. 다 들어왔으면 문을 닫고 벽난로 앞에 둥근 의자를 갖다 놓고 앉아라. 그리고 잠깐만 기다려라, 우리가…… 오, 물쥐야!"

두더지는 절망감에 싸여 소리 지르고 의자에 주저앉았다. 눈에는 눈물이 고이기까지 했다.

"우리가 뭘 하는 거지? 저들에게 줄 것이라곤 없잖아!"

"그건 나에게 맡겨."

물쥐가 자신만만하게 말했다.

"음, 등을 들고 있는 들쥐야, 이리 좀 오겠니? 너에게 할 얘기가 있어. 한밤중인 이 시간에도 문을 연 가게가 있을까?"

"물론이지요."

그 들쥐가 공손히 대답했다.

"매년 이맘 때면 가게마다 하루 종일 문을 열고 있어요."

"그렇다면 말이야."

물쥐가 말했다.

"즉시 등을 가지고 나가서 내가 시키는 것을……."

여기까지 말했을 때 들쥐들이 한꺼번에 입을 열었다. 그러나 물쥐는 그 중의 일부분만을 들을 수 있었다.

"야, 멋지다!"

"아냐, 그건 일 파운드도 더 돼."

"버긴스 상회에 가 봐, 나는 다른 것은 싫으니까."

"아니, 제일 좋은 걸로."

"거기 갈 수 없으면 다른 데라도 가 봐."

"그래, 집에서 만든 것이 제일 좋아. 깡통에 들어 있는 것은 싫어."

"그래, 네가 잘 골라서 사!"

마침내 동전이 건네지는 소리가 들렸고, 등을 들고 있던 들쥐는 사가지고 올 것을 생각해 바구니를 들고, 등불을 비추어 가며 밖으로 나갔다.

나머지 들쥐들은 벽난로 앞에 둥근 의자를 가져와 줄을 지어 앉아 따뜻해질 때까지 얼어붙은 듯한 발을 들어 불을 쬐며 녹였다. 한편 두더지는 그들과 즐거운 얘기를 해보려 했으나 실패하고, 곧 그들의 가족 관계를 물어보기 시작했고, 그들 각자에게 올해 처음 캐롤 송에 참석하는 것을 허락받은 듯한 어린 동생의 이름을 되풀이해 물어보기도 했다.

한편, 물쥐는 온 신경을 기울여 맥주 병에 붙은 상표를 읽어보았다.

"올드 버튼이라는 것을 알겠어!"

물쥐가 좋은 것을 골랐다는 듯이 두더지에게 말했다.

"너는 정말 감각이 좋구나. 필요한 건 바로 이거였어! 이걸로 맥주를 만들 수 있잖아! 필요한 것들을 준비해, 두더지야. 나는 코르크 마개를 딸 테니까."

준비를 마치고 그 술을 양철통에 넣어 벽난로의 불 속에 집어넣었다. 데우는 데에는 오랜 시간이 필요하지 않았다. 곧 들쥐들은 모두 제조한 맥주를 조금씩 마시고, 잔 기침을 하고 목이 따가워지는 것을 느꼈다(약간 데운 맥주는 맛이 강하기 때문이다). 독한 술 때문에 삐져나온 눈물을 훔쳐내고, 추위 속에 서 있어 본 적은 한 번도 없었다는 듯 그 사실은 까맣게 잊고 웃었다.

"애들은 연극도 잘해."

두더지가 물쥐에게 말했다.

"저희들끼리 분장하고 그 다음에 연극을 하는데, 참 잘한다 니까. 작년에는 바다에서 야만적인 해적에게 납치되어 갤리선 (역자 주 : 옛날 노예나 죄수들에게 젓게 한 2단으로 노가 달린 돛배)에서 노를 젓게 된 들쥐에 관한 연극을 했었는데, 정말 재미있었지. 들쥐가 마침내 그 배를 탈출해서 집으로 돌아와 보니, 사랑하던 여인이 수녀원에 들어갔다는 사실을 알게 됐을 때는 눈물까지 났어. 자, 너희들은 작년에도 했었지? 그럼 여기서 그 연극을 조금만 해보겠니?"

들쥐들은 억지로 일어나서 수줍은 듯이 키득거렸지만, 그 중한 놈은 공연히 여기저기를 돌아보며 혀가 굳어 버린 듯이 가만히 서 있기만 했다. 다른 형제들이 그 들쥐에게 시작하자고 추근댔다. 두더지도 그놈을 달래도 보고 격려하기도 했다. 그리고 물쥐는 그 들쥐의 어깨를 잡아 흔들어 주기까지 했다. 그래도 그 들쥐의 무대 공포증을 떨쳐 줄 수는 없었다. 그들 모두는 그 들쥐의 주위에 몰려들어 연극을 시키려고 소동을 피웠다. 마치 뱃사람들이 물 속에 오랫동안 빠져 있던 동물을 구해

내 되살리려고 애쓰는 것만 같았다. 그러는 중에 등을 가지고 가게에 갔던 들쥐가 무거워진 바구니를 들고 비틀거리며 나타났다.

바구니에 들어 있는 물건들을 식탁 위에 쏟아 놓자 연극 얘기는 쏙 들어갔다. 물쥐의 지시에 따라 모두에게 일이 할당되었다. 무엇인가를 가져오라는 지시를 받은 들쥐도 있었다. 그 덕분에 곧 밤참이 준비되었다. 그리고 두더지는 꿈꾸는 듯한 기분으로 상석에 앉아 조금 전까지도 해도 거의 아무것도 차려져 있지 않던 쓸쓸한 식탁에 갑자기 맛있는 음식이 가득 차게 놓이고, 어린 친구들의 얼굴이 밝아지고 미소를 띄우며 지체하지 않고 덤벼드는 모습을 지켜보았다. 그리고 두더지 자신도 지독하게 배가 고팠었기에 마법처럼 차려진 식탁의 음식들을 먹기 시작했다. 집에 돌아오니 얼마나 즐거운지 모르겠다고 새삼스럽게 생각했다.

식사를 하며 그들은 옛날 얘기를 했다. 그리고 들쥐들은 두더지에게 최근에 마을에서 있었던 일들을 얘기해 주고, 두더지가 물어 보는 수많은 질문에 대답해 주기도 했다. 물쥐가 거의 아무 얘기도 하지 않고 그저 손님들이 마음껏 먹고 마시도록 하는 데에만 신경을 써 주어서, 두더지는 아무런 어려움이나 걱정 없이 그 시간을 즐길 수 있었다.

마침내 들쥐들은 매우 감사해 하며 새해 인사를 하고 돌아갔다. 그들의 주머니는 집에 있는 어린 남동생과 여동생들에게 가져다 줄 과자로 불룩했다. 마지막 들쥐가 나가고, 등에서 비쳐 오던 불빛이 완전히 사라졌을 때 두더지와 물쥐는 벽난로의 불을 끈 다음 제조한 맥주로 잠들기 전에 마지막 한 잔을 하며, 그날의 여러 가지 일에 대해 얘기했다. 그러다가 마침내 물쥐가 커다랗게 하품을 하며 말했다.

"두더지야, 나는 자야겠다. 졸립다는 표현 정도로는 지금의 상태를 적절히 표현할 수가 없을 정도야. 네 침대는 저 쪽에 있는 거니? 그럼 나는 이쪽 침대에서 잘게. 여기는 정말 좋은 집이다. 필요한 것은 모두 있잖아!"

물쥐는 침대에 누워 담요를 덮었고, 마치 잘 익은 보리가 재빨리 기계에 빨려 들어가듯이 그 즉시 잠으로 빠져들고 말았다. 지친 두더지도 지체없이 침대에 누웠다. 그리고 큰 기쁨과 만족감을 느끼며 베개를 베고 누웠다. 그러나 눈을 감기 전에 벽난로의 남아 있는 불빛에 비치는 친근한 방안을 둘러보았다. 의식하지는 못했지만, 그 자신의 일부분이기도 했던 그 모든 것은 아무런 유감도 없이 미소 지으며 두더지가 돌아온 것을 반기는 듯했다.

두더지가 이런 기쁨을 맛보는 것은 재주 많은 물쥐의 도움이 있었기 때문이었다. 두더지는 그 기쁨이 매우 평범하고 단순하며 심지어 매우 사소한 것임을 분명히 알고 있었다. 그렇지만 두더지는 그런 것들이 자신에게 얼마나 큰 의미를 지니는지도 명확히 알고 있었다. 그리고 자신만을 위해 존재하는 이러한

보금자리는 특별한 의미가 있는 것이다.

두더지는 새로운 삶과 근사한 장소들을 전혀 포기하고 싶지 않았다. 태양과 대기와 그리고 그것들이 두더지에게 제공하는 모든 것에 등을 돌리고서 집에 기어들어와 머물고 싶은 마음도 없었다.

지상 세계는 너무도 강렬하다. 자신의 집에 와 있는 지금도 두더지를 부르고 있었다. 두더지도 더 큰 무대로 나가야 한다는 것은 알고 있었다. 그러나 언제든지 돌아올 수 있는 집이 있다는 사실은 생각만 해도 좋았다. 이 곳은 그의 집이다. 이 집의 모든 것들이 두더지를 다시 만나서 반가워했고, 언제든지 그렇게 맞아 주리라는 믿음을 주기도 했다.

6. 미스터 두꺼비

    초여름의 햇살이 눈부신 날이었다. 강물은 평상시의 수준으로 차올라 강둑을 따라 늘 흐르던 속도를 되찾았고, 따사로운 햇살은 마법을 부리듯이 강둑의 풀들을 초록색으로 변하게 한 다음 마치 마법의 줄을 드리워 하늘을 향해 끌어올리는 것만 같았다. 물쥐와 두더지는 새벽부터 일어나 보트에 페인트칠을 하고, 광을 내고, 노를 바로잡고, 의자를 고치고, 없어진 갈고리 장대를 찾아보는 등 보트와 보트 시즌과 관련된 일로 바쁘게 움직였다. 그런 다음 조그만 거실에서 아침식사를 하며 열심히 그날의 계획을 논의하고 있을 때 갑자기 둔탁하게 문을 노크하는 소리가 들려왔다.

    "귀찮아!"

달걀을 먹으려던 물쥐가 말했다.

"누군지 나가 볼래, 두더지야? 너는 식사를 다 했잖아."

두더지는 누가 왔는지 알아보려고 현관문으로 갔고, 물쥐는 두더지가 놀라서 소리치는 것을 들을 수 있었다. 그리고 나서 두더지가 거실 문을 열면서 의기 양양하게 외쳤다.

"오소리가 왔어!"

오소리가 두 동물의 방문에 대한 답례로 그들의 집을 찾아왔다는 것은 진정 놀라운 일이었다. 다른 어떤 동물도 오소리가 찾아오면 아주 기쁘게 맞이할 것이다. 오소리는 이른 새벽과 저녁에 조용히 싸리나무 사이를 헤치고 다니거나 혹은 숲 속 한가운데 있는 집에서 나오지 않아서, 그를 꼭 만나야 하는 동물들이 찾아가도 만나기가 쉽지 않기 때문이었다.

오소리는 성큼성큼 거실로 들어와 매우 근엄한 표정을 짓고서 두 동물을 바라보았다. 달걀을 먹으려던 물쥐는 너무도 놀라 스푼을 떨어뜨리고, 입을 딱 벌린 채 오소리를 바라보았다.

"시간이 됐어!"

마침내 오소리가 입을 열고 매우 엄숙하게 말했다.

"뭐 할 시간?"

물쥐는 의아해 하며 이렇게 묻고, 벽난로 위의 시계를 흘긋 보았다.

"누구의 시간이냐고 묻는 것이 더 좋을 것 같은데."

오소리가 대답했다.

"그래, 두꺼비의 시간이야. 두꺼비를 위한 때가 되었어! 지난번에 겨울이 완전히 물러가면 바로 두꺼비를 만나 보겠다고 했었잖아."

"그래, 맞아!"

물쥐가 환호성을 터뜨렸다.

"만세! 이제야 생각나! 두꺼비에게 동물로서의 도리를 가르쳐줄 때가 되었어!"

"지금 바로 가야겠지."

오소리가 안락 의자에 앉으며 말했다.

"어젯밤에 믿을 만한 소식통으로부터 오늘 두꺼비의 집에 마음에 안 들면 돌려보낸다는 조건으로 크고 강력한 힘을 가진 새 자동차가 배달된다는 얘기를 들었어. 그리고 어쩌면 지금쯤 두꺼비는 자기 마음에 드는 이상한 모습으로 몸을 치장하느라 바쁠지도 모르겠어. 그런 대로 잘생긴 두꺼비가 제대로 된 정신을 가진 동물이라면 누구든지 기절초풍할 모습으로 변할 거란 말이야. 그러니 늦기 전에 빨리 일어나 가 봐야겠어. 너희 둘도 즉시 나와 함께 토드 홀에 가서, 두꺼비를 구하려는 이번 일을 도와 줘."

"알았어!"

두더지가 벌떡 일어나며 소리쳤다.

"우리가 그 불쌍한 동물을 구하는 거야. 우리가 그를 변화시기면 예전과는 완전히 달라진 두꺼비가 될 거야!"

자비를 베풀려는 임무를 띤 동물들은 길을 떠났다. 오소리가 앞장섰다. 동물들은 여럿이서 함께 길을 나설 때면, 다른 동물들에게 피해를 주거나 갑작스러운 위험을 피하기 위해 분별 있게 일렬 종대로 서서 걸었다.

토드 홀로 이어지는 마찻길에 들어섰을 때 오소리가 예상했던 대로 그 집 앞에 서 있는 번쩍이는 빨간색 — 두꺼비가 제일 좋아하는 색이다 — 자동차를 보았다. 그들이 가까이 갔을 때 현관문이 활짝 열리면서 모자를 쓰고, 안경을 끼고, 다리에는 각반을 하고, 또 매우 큰 오버 코트를 걸친 두꺼비가 거만한 모습으로 현관 계단을 내려와 손목이 긴 장갑을 끼고 있었다.

"여, 친구들!"

두꺼비는 그들을 보고서 유쾌하게 소리쳤다.

"아주 좋은 때 오는구나! 즐거운 일이 있을 텐데, 정확히 시간에 맞추어서 말이야……."

두꺼비는 상기된 목소리로 친구들을 반겼지만, 대꾸 없는 친구들의 얼굴에 떠오른 근엄한 표정이 조금도 변하지 않는 것을 보자 말꼬리를 흐리며 입을 다물었다.

오소리가 계단에 올라섰다.

"이놈을 집 안으로 몰아 넣어."

오소리는 물쥐와 두더지에게 명령했다. 두꺼비가 몸부림치고 저항하며 집안으로 끌려들어가는 모습을 지켜본 다음, 오소리는 새 자동차를 가지고 온 운전사에게로 돌아섰다.

"미안하지만 오늘은 당신에겐 안 좋은 날이야."

오소리가 말했다.

"미스터 두꺼비의 마음이 변했어. 그는 자동차를 원하지 않게 되었거든. 이것이 최종 결정이라는 점을 잘 깨닫고, 즉시 돌아가 주었으면 좋겠어."

홀에 네 마리의 동물이 다 모이자, 오소리가 말했다.

"자, 그럼 무엇보다도 먼저 그 이상한 옷부터 벗어."

"왜 이러는거야?"

두꺼비가 화를 내며 소리쳤다.

"왜 이런 소동을 부리는거냐구? 즉시 분명한 이유를 대 봐!"

"그렇다면, 너희 둘이 저놈의 옷을 벗겨 줘!"

오소리가 준엄하게 명령했다.

그들은 두꺼비가 발버둥치며 온갖 욕설을 퍼붓는 바람에 그를 잡아 바닥에 눕혀야만 했다. 그런 다음 물쥐는 두꺼비의 몸 위에 걸터앉았고, 두더지는 두꺼비의 운전복을 하나하나 벗긴 다음 그를 일으켜 세웠다.

자신의 멋진 옷이 벗겨진 후의 두꺼비는 어느 정도 허세가 꺾인 모습이었다. 이제 그는 평범한 두꺼비로 돌아와 상황을 완전히 이해한다는 듯이 어색해 하며 키득거리고 미안하다는 듯이 친구들을 돌아보았다.

"너도 언젠가는 이렇게 되리라는 걸 알고 있었겠지?"

오소리가 근엄하게 말했다.

"너는 우리가 네게 들려주었던 모든 경고를 무시해 버렸어. 네 아버지가 물려주신 재산을 낭비했고, 미친듯이 차를 몰고, 경찰관을 때리며 싸우기까지 해서 이 구역의 동물들에게 오명을 안겨 주었어. 자유롭게 산다는 것은 매우 좋은 것이지. 하지만 우리 동물들은 친구가 어느 정도의 한계를 넘어서까지 자신을 바보로 만드는 것을 두고 볼 수만은 없어. 그리고 너는 그 한계에 도달했어. 하지만 너는 여러 면에서 좋은 친구이기에 혹독하게 다루지는 않겠어. 너에게 한 번 더 이성을 찾을 기회를 주겠다고. 그럼 나와 함께 흡연실로 들어갈까. 거기에서 네 자신의 모습을 똑바로 볼 수 있게 해준 다음, 밖으로 나왔을 때 과연 네가 얼마나 달라졌는지를 지켜보려는 거야."

오소리는 두꺼비의 팔을 굳게 잡고 흡연실로 밀어넣은 다음 문을 닫았다.

"아무 소용도 없을 거야."

물쥐가 경멸하듯이 말했다.

"얘기하는 것만으로는 두꺼비를 고칠 수 없어. 말로는 무엇이든지 할 수 있으니까 말이야."

그들은 안락 의자에 편안한 자세로 앉아 끈기있게 기다렸다. 닫혀 있는 흡연실의 문을 통해서 가끔은 상기되기도 하고, 가끔은 낮아지기도 하며 웅변조로 길게 훈계하는 오소리의 목소리가 들려 왔다. 시간이 흐르면서 그 훈계조의 목소리는 두꺼비의 마음에서 우러나오는 것이 분명한 흐느낌 소리로 인해 중

단되었다가 다시 이어졌다. 그러는 순간만큼은 마음이 여리고 정이 많은 두꺼비가 어렵지 않게 변화할 것만 같았다.

45분 정도 지나 흡연실의 문이 열리고, 오소리가 근엄한 모습으로 힘없이 축 늘어진 두꺼비를 데리고 나왔다. 두꺼비의 피부는 축 늘어졌고, 다리는 힘이 없어 비틀거리고, 뺨에는 오소리의 감동적인 훈계로 인해 흘러내린 눈물 자국이 그대로 남아 있었다.

"여기 앉아, 두꺼비야."

오소리가 의자 하나를 가리키며 자상하게 말했다.

"너희들에게 두꺼비가 자신의 생활 방식이 잘못되었음을 마침내 깨달았다는 얘기를 전해 줄 수 있어서 매우 기쁘게 생각해. 두꺼비는 과거의 잘못된 행동에 대해 진심으로 뉘우치고, 영원히 자동차에 대한 욕망을 완전히 버리기로 했어. 나에게 엄숙히 맹세했다구."

"그건 정말 좋은 소식인데."

두더지가 당황해 하며 말했다.

"그래, 정말 좋은 소식이야."

물쥐는 의심스럽다는 듯이 말했다.

"두꺼비가 그 약속을…… 그 약속을……"

물쥐는 말을 마치지 못하고 두꺼비를 똑바로 바라보았다. 그리고 그 순간 아직도 슬픔에 잠겨 있는 두꺼비의 눈에서 어렴풋이나마 무엇인가 반짝이는 것을 본 것 같다는 생각을 하지

170

않을 수 없었다.

"이제 한 가지만 더 하면 돼."

만족스러워하며 오소리가 계속 말했다.

"두꺼비야, 여기 있는 친구들 앞에서 방금 전에 흡연실에서 나에게 했던 엄숙한 맹세를 다시 한 번 해주었으면 좋겠다. 먼저 너는 네 잘못이 무엇인지를 깨닫고, 또 뉘우치지?"

오랫동안 정적이 이어졌다. 두꺼비는 필사적으로 이리저리 돌아보았고, 다른 동물들은 숨을 죽이고 그가 입을 열기를 기다렸다. 마침내 두꺼비가 입을 열었다.

"아니!"

두꺼비가 약간 퉁명스럽게, 그러나 큰소리로 말했다.

"나는 후회하지 않아. 그리고 절대로 어리석은 짓도 아니었어! 오히려 매우 자랑스러워할 일이라고 생각해!"

"뭐라구?"

아연실색한 오소리가 소리 질렀다.

"이 타락한 동물아, 방금 전에 저 안에서……."

"오, 그래, 저 안에서는."

두꺼비가 짜증스러워하며 말했다.

"저 안에서야 달랐었지. 네가 너무 유창하게 설교를 늘어놓고, 감동적이고, 확신에 차 있고, 또한 요점을 무서울 정도로 정확히 짚어 주니까 나는 순간적으로 감동해서 마음에 없는 말까지도 했던 거야. 하지만 그 이후에 제정신을 찾고서 곰곰이 살펴보니까, 나는 전혀 미안하지도 않고, 또 뉘우칠 것도 없다는 사실을 깨달았어. 그러니 미안하다고, 뉘우친다고 말하는 것은 아무 소용이 없잖아, 그렇지?"

"그렇다면, 너는."

오소리가 물었다.

"다시는 자동차에 손대지 않겠다는 약속을 지키지 못하겠다는 거냐?"

"절대로 그런 약속 안 해!"

두꺼비가 힘주어 대답했다.

"그 반대야, 나는 반드시 어떤 차든 내 눈에 처음 뜨이는 차에 펄쩍 올라타겠어."

"저 봐, 내가 뭐라고 했어?"

두꺼비를 지켜보고 있던 물쥐가 두더지에게 말했다.

"그럼 좋다."

오소리가 단호하게 말하며 벌떡 일어났다.

"아무리 설득해도 네가 받아들이지 않는 이상 우리는 강제로라도 너를 변화시켜야겠어. 이렇게 해야만 한다는 게 유감이지만, 너는 가끔 우리들 셋에게 여기로 와서 지내자는 얘기를 했었지, 두꺼비야? 너의 이 멋진 집에서 말이다. 그래, 이제는 우리가 여기서 묵어야겠어. 네가 적절한 인생관을 찾아 변한다면 이 형벌은 끝나. 그렇지만 그 전에는 안 돼. 자, 물쥐와 두더지, 너희들이 이놈을 위층으로 데리고 올라가 침실에 가두어

172

놓고 내려와. 몇 가지 문제를 상의해야겠는데……."

"다 너를 위해서 이러는 거야."

두꺼비가 믿음직한 친구 두 명에게 이끌려 계단을 올라가는 동안 몸부림치고 발버둥칠 때 물쥐가 친절하게 얘기했다.

"우리 모두가 함께 얼마나 큰 재미를 찾을 수 있는지를 생각해 봐. 너에게 가해진 이 고통스러운 형벌이 끝나면, 우리는 예전에 그랬던 것처럼 그런 즐거움을 찾을 수 있잖아."

"네가 좋아질 때까지 우리가 이 집의 모든 문제를 책임질게, 두꺼비야."

두더지가 말했다.

"그리고 네 돈도 낭비하지 않도록 지켜 주고."

"또다시 경찰관과 싸우는 등의 후회 막급한 일이 벌어져서는 안 되잖아, 친구야."

두꺼비를 침실에 밀어 넣고 몸을 돌리며 물쥐가 말했다.

"병원에 입원해 간호사가 이래라 저래라 하는 잔소리를 들을 일도 없을 테고 말이야."

두더지는 이렇게 덧붙여 말한 다음 열쇠로 문을 잠궜다.

그들이 계단을 내려올 때 두꺼비는 열쇠 구멍을 통해 비난의 소리를 질렀다. 모두들 그런 소리에는 개의치 않고 문제 해결을 위한 회의를 시작했다.

"이번 일은 상당히 오래 걸릴 것 같은데."

오소리는 한숨을 쉬었다.

"두꺼비가 이토록 결심이 굳은지 몰랐어. 어떻든 끝까지 지켜보자. 단 한 순간도 감시를 게을리해서는 안 돼. 순서를 정해 돌아가며 감시하는 거야. 두꺼비에게서 독소가 모두 빠져나갈 때까지."

그들은 순서를 정했다. 밤에는 그들 중 한 명이 두꺼비와 함께 잠을 자고, 낮 동안에는 다른 둘이서 나누어 지키기로 했다. 처음에 두꺼비는 감시의 눈초리를 게을리하지 않는 보초들 때문에 몹시 괴로워하는 것이 분명했다.

두꺼비는 운전에 대한 광적인 집착에 사로잡히면 침실 의자를 조잡하게나마 자동차 시트처럼 배열해 놓고 앞부분을 운전대처럼 꾸민 다음 몸을 숙이고 운전하는 흉내를 냈다. 그러다가 절정에 이르면 몸을 움직여 공중제비를 돌며 의자 사이로 뛰어내려 바닥에 사지를 쭉 뻗고 누웠다. 그럴 때의 두꺼비는 매우 만족스러워하는 것이 분명했다.

그러나 시간이 흐르면서 그의 고통스러운 발작은 그 빈도가 줄어들었고, 친구들은 그의 생각을 다른 새로운 대상으로 돌려 놓으려 애썼다. 그러나 두꺼비는 다른 일에 거의 관심을 보이지 않았고, 점점 기운이 없고 침울한 모습으로 변해 갔다.

어느 화창한 날 오전, 자신의 차례가 되어 위층으로 올라간 물쥐는 보초를 서고 있던 오소리가 숲 속에 있는 자신의 굴 속으로 돌아가고 싶어 안절부절 못 하고 있는 모습을 보았다.

"두꺼비는 아직 잠들어 있어."

문 앞에서 오소리가 물쥐에게 말했다.

"아직 저 친구가 달라지리라는 기대는 할 수 없어. 무슨 말이든지 시켜 보려고 하면 신경질적으로 제발 귀찮게 하지 말라고만 대답할 뿐이야. 원하는 것도 없다고 하면서 말이야. 아마도 시간이 흐르면 나아질 거고, 그러니 쓸데없는 걱정은 할 필요가 없다는 거야. 그렇지만 조심해야 해, 물쥐야! 두꺼비가 갑자기 조용해지고, 주일 학교에서 상을 받는 아이처럼 얌전해질 때는 너를 속이려 하는 거니까 말이야. 그럴 때는 속에 무슨 꿍꿍이가 들어 있는 거야. 두꺼비를 잘 알고 있으니까 하는 말이야. 어쨌든 나는 내려가 봐야겠다."

"오늘은 좀 어때?"

두꺼비의 침대 가까이로 가며 물쥐가 유쾌한 목소리로 물었다. 한동안은 아무 대답도 들려오지 않았다. 그러다가 마침내 힘없는 목소리가 들려왔다.

"고맙다, 물쥐야. 그런 말이라도 물어 주니 정말 고마워. 그렇지만 먼저 너와 두더지는 요즘 어떤지 얘기해 줄래?"

"응, 우리는 잘 있어."

물쥐가 말했다.

"두더지는."

물쥐는 별다른 생각 없이 말했다.

"주위를 돌아보기 위해 오소리하고 함께 나갔어. 점심때나 되어야 돌아올 거야. 그러니 그때까지 우리 둘이서만 있어야 하니까, 내가 힘 닿는 데까지 즐거운 시간을 보내도록 도와 줄게. 벌떡 일어나, 이런 화창한 날 오전에 침대에 누워 빈둥거리고만 있을 수는 없잖아."

"물쥐야."

두꺼비가 중얼거렸다.

"너는 나를 너무도 몰라. 그리고 내가 도망갈 동물이 아니라는 것도 너는 몰라. 특히 지금은 말이야. 그러니 나 때문에 걱정할 필요는 없어. 나는 친구들에게 부담이 되는 것은 싫거든. 그리고 이런 상황이 오래 계속되리라고도 생각하지 않고. 진심으로 하는 얘기야. 절대로 너희들에게 부담 주고 싶지 않아."

"나도 그랬으면 좋겠다고 생각해."

물쥐가 진심으로 말했다.

"이번에는 네가 우리들에게 골칫거리를 안겨 주었지만, 곧 끝날 것 같아 다행이라고 생각해. 날씨가 이렇게 좋으면 곧 보트 시즌이 시작될 텐데, 다행이잖아. 우리도 너 때문에 큰 즐거움을 놓칠 뻔했는데 말이야."

"쓸데없는 일로 신경을 쓰게 해서 미안하구나."

두꺼비가 힘없이 말했다.

"그건 나도 충분히 이해할 수 있어. 당연하잖아. 너희들 모두 나 때문에 피곤하지. 너희들에게 더 이상은 폐를 끼치지 말아야 할 텐데. 내가 얼마나 귀찮은 존재인지, 나도 잘 알아."

"그건, 그래."

물쥐가 말했다.

"사실, 네가 항상 도리를 지키는 동물이었다면, 우리가 너 때문에 귀찮은 일을 떠맡게 되는 일은 없었을 거야."

"그 점을 생각한다면 말이다, 물쥐야."

두꺼비가 더욱 힘없는 목소리로 중얼거렸다.

"미안하기 그지없지만 한 가지만 더 부탁해야겠다. 어쩌면 이게 마지막 부탁일 거야. 가능한 한 빨리 마을로 나가서, 이미 늦었는지는 모르겠지만, 의사 좀 데려와 줘. 그렇지만 귀찮으면 그만둬. 꼭 가야 한다고는 생각하지 마. 아픈 거야 될 대로 되겠지."

"의사는 왜 데려오라는거니?"

물쥐는 이렇게 묻고서 두꺼비에게 가까이 다가가 살펴보았다. 힘이라곤 하나도 없는 동물처럼 꼼짝도 못하고 누워서 들릴락말락하는 목소리로 중얼거리는 두꺼비의 태도는 예전과는 전혀 달랐다.

"최근 들어 너도 보았겠지만……."

두꺼비가 중얼거렸다.

"아냐, 아냐, 보았을 리가 없지. 무엇인가를 자세히 살펴본다는 것은 귀찮은 일이니까. 그렇지만 내일이면 너는 이렇게 중얼거리게 될 거야. '오, 조금만 일찍 보았더라면…… 내가 어떤 조치를 취하기만 했었으면…….' 이라고 말이야. 아냐, 아냐, 그건 귀찮은 일이야. 신경 쓰지 마. 내가 무슨 부탁을 했었는지 그냥 잊어버려."

"왜 그러니, 두꺼비야?"

물쥐가 걱정스러워하며 이렇게 말했다.

"꼭 의사가 와야 할 정도라면 의사를 모셔 오겠어. 하지만
아직 그렇게까지 심한 건 아니잖아. 우리 다른 얘기를 하도록
하자."

"유감이지만 말이야, 친구……."

두꺼비가 서글픈 미소를 지으며 말했다.

"얘기를 한다는 것은 이런 상황에서는 전혀 도움이 되지 않
아. 어떻게 보면 의사도 소용없을 것 같지만, 물에 빠지면 지푸
라기라도 움켜잡는 거잖아. 그리고 말이지, 네가 관련되어 있
어서 하는 얘기인데, 너에게 또다른 어려움을 덧붙여 줄 생각
은 없어. 그렇지만 갑자기 생각이 났는데, 이 집을 나가면 즉시
변호사를 찾아가 나에게 가 보라고 얘기해 주지 않겠니? 네가
그렇게만 해준다면 나로서는 여러 가지로 좋을 것 같다. 때에
따라서는, 그래, '때에 따라서'라는 표현을 꼭 덧붙여야겠지만
어떤 대가를 치르더라도 또 불쾌한 일이더라도 피하면 안 될
때가 있는 법이거든."

'변호사라구? 두꺼비 상태가 정말 심각한가 봐.'

겁에 질린 물쥐는 이런 생각을 하며 서둘러 두꺼비의 침실에
서 나왔다. 그래도 나온 다음 문을 잠그는 것을 잊지는 않았다.

밖으로 나온 물쥐는 걸음을 멈추고 곰곰이 생각해 보았다.

오소리와 두더지는 멀리 가 있고, 물쥐에게는 의논할 상대가 없었다.

'안전한 쪽을 택하는 것이 최선이야.'

물쥐는 신중히 생각해 보았다.

'이제까지 나는 두꺼비를 지독한 자만심에 젖어 있는 동물이라고만 알고 있었어. 특별히 그럴 만한 이유도 없었는데 말이야. 그렇지만 변호사를 불러 달라고 하는 것은 처음이야. 어쨌든 특별히 문제될 게 없다면, 의사가 두꺼비에게 꾀병 부리지 말라고 적당히 훈계해 줄 거야. 그러면 손해 볼 것은 없잖아. 두꺼비의 비위나 맞춰 줘야겠어. 시간도 그리 오래 걸리지 않을 테니까.'

이렇게 생각한 물쥐는 마을을 향해 뛰어갔다.

두꺼비는 물쥐가 나가고 문을 잠그는 소리가 들리자 바로 가볍게 침대에서 뛰어내려 창문가에서 열심히 마찻길을 바라보았다. 그 길을 달려가는 물쥐의 모습이 점점 작아지다가 이윽고 보이지 않게 되었다.

그러자 두꺼비는 요란하게 웃으며, 최대한 빠른 속도로 그때 찾을 수 있는 옷들 중에서 가장 좋은 정장으로 갈아입고, 화장대의 조그만 서랍에 들어 있는 돈을 꺼내 주머니에 잔뜩 찔러 넣었다. 그런 다음 침대 시트의 끝부분을 묶어 길게 잇고 그 비상 밧줄의 한쪽 끝을 그의 침실을 화려하게 꾸며주는 튜더식 창문의 중간 문설주에 묶었다. 그리고 창틀로 기어올라가 그

밧줄을 잡고 미끄러지듯 내려가 땅에 닿자, 가벼워진 마음으로 물쥐가 갔던 방향과는 반대 방향으로 걸었다. 즐거운 곡조의 휘파람을 불기도 했다.

오소리와 두더지가 돌아왔을 때 물쥐는 울적한 표정으로 식탁에 앉아 있었다. 그리고 처량한 목소리로 믿을 수 없는 애기를 늘어놓아야만 했다.

오소리는 신랄하게 물쥐를 나무랐다. 이런 때는 오히려 그런 태도가 당연할 것이다. 그렇지만 그렇게까지 심하지는 않았고, 또 짧게 끝났다.

물쥐만이 아니라 두더지에게도 그 일은 너무도 고통스러웠다. 그래서 가능한 한 친구의 편을 들어주고 싶어하는 두더지였지만, 이렇게 말하지 않을 수 없었다.

"이번에는 네가 좀 어리석었어, 물쥐야. 두꺼비도 마찬가지이고."

"두꺼비는 연기를 아주 잘했어."

풀이 죽은 물쥐가 말했다.

"너를 완전히 속일 만한 연기이니, 당연하겠지……."

오소리가 빈정거리듯 말했다.

"어쨌든 지금쯤 두꺼비는 멀리 갔겠구나. 그 점은 분명하지. 그렇지만 그보다 더 문제는, 두꺼비는 이제 과대망상증에 빠져서 또다시 어리석은 짓을 저지를지도 모른다는 점이야.

한 가지 우리에게 위안이 되는 것도 있긴 하지. 더 이상 우리의 귀한 시간을 보초 서느라 낭비할 필요가 없다는 거지. 그렇지만 우리는 당분간 이 곳, 두꺼비의 집에서 머무는 것이 좋을 거야. 두꺼비가 갑자기 돌아올 가능성이 있거든. 들것에 실리거나, 아니면 경찰관 두 명에게 이끌려서 말이야."

오소리는 이렇게 말했다. 두꺼비가 조상 대대로 내려온 '토드 홀'에서 다시 편히 지낼 수 있게 되기까지 미래에 어떤 일들이 일어날지, 얼마나 많은 시간이 걸릴지, 그리고 두꺼비의 성격이 어디까지 탁해질지 모르기 때문이었다.

한편, 두꺼비는 모든 책임에서 벗어난 쾌활한 마음으로 고속도로를 따라 바삐 걸었다. 이미 집과는 몇 마일이나 떨어진 곳에 와 있었다. 처음에는 샛길로 들어가 들판을 건너기도 하고, 여러 번 방향을 바꾸기도 했지만, 이제는 붙잡힐 가능성이 희박하다고 느껴지자 기분이 좋기만 했다. 이러한 두꺼비를 축하해 주듯이 햇빛은 찬란하게 그를 비추고, 온 자연이 하나가 되어 그에게 축하의 합창을 들려주었다. 그 자신의 마음도 자화자찬의 노래를 불렀다. 두꺼비는 길을 따라 걸으며 과대망상에 빠져 춤을 추기도 했다.

"멋지게 해냈어."

두꺼비는 껄껄 웃었다.

"폭력에는 머리로 대항해야 하는 거야. 그러면 당연히 머리가 이기거든. 가련한 물쥐, 오소리가 돌아오면 꽤나 혼이 날거야. 물쥐는 여러 가지 면에서 좋은 점이 많은 친구인데, 머리가 좀 모자라고 교육을 받지 못한 것이 분명해. 언제 좀 만나서 내가 도와 줄 수 있는 길이 있는지 알아봐야겠어."

이러한 과대망상적인 생각에 빠진 두꺼비는 머리를 치켜들고 고속도로를 활기차게 걸었다. 한참을 가다 보니 길 한복판까지 그림자를 드리우고 흔들거리는 〈붉은 사자〉라는 간판이 보였다. 그 순간 아직 아침식사도 하지 않았다는 사실을 깨달았다. 상당히 멀리까지 오다 보니 지독하게 배가 고팠다.

두꺼비는 그 호텔로 들어가 빨리 나올 수 있는 음식 중에서 가장 좋은 음식을 주문하고, 찻집에서 식사를 시작했다.

두꺼비가 반쯤 식사를 마쳤을 때 도로에서 너무도 친근한 소리가 점점 크게 들려왔다. 점점 가까이서 들려오는 그 소리에 두꺼비는 긴장하고 온몸을 떨었다.

부릉 부르릉, 이제 그 자동차는 호텔 마당으로 들어와 멈추어 서는 것 같았다. 두꺼비는 자신을 압도하는 감정을 숨기기 위해 식탁 다리를 꼭 움켜잡아야 했다. 한 패거리가 오전에 경험했던 일들과, 또 함께 타고 온 자동차의 장점에 대해 유쾌하게 얘기하며 찻집으로 들어왔다. 두꺼비는 한동안 온 신경을 기울여 그들의 얘기를 들었다. 결국 더 이상 참을 수가 없었다. 두꺼비는 살그머니 찻집을 나와 바에서 계산을 마친 다음 밖으로 나오자마자 발걸음을 돌려 호텔 마당으로 들어섰다.

"그냥 구경만 하겠다는데."

두꺼비가 중얼거렸다.

"문제가 될 것은 없잖아."

자동차는 마당 한복판에 세워져 있었고, 조수도 탑승객도 모두 식사하러 들어가고 아무도 없었다. 두꺼비는 천천히 그 자동차 주위를 돌며 자세히 살펴보고, 평가하고, 깊이 생각해 보았다.

"몹시 궁금한데."

두꺼비는 이렇게 중얼거렸다.

"이런 차도 쉽사리 움직일 수 있을지 궁금해."

그 다음 순간, 어떻게 그렇게 되었는지는 알 수 없었지만, 두꺼비는 자신이 그 차의 시동을 걸고 있음을 깨달았다. 친근한 소리가 울려 퍼지기 시작하자 옛 정열이 두꺼비를 사로잡고, 그의 영혼과 육체를 완전히 지배했다. 마치 꿈을 꾸듯이 어떻게 된 일인지 두꺼비는 운전석에 앉아 핸들을 잡고 차를 빙 돌려 진입로로 들어섰다. 마치 꿈을 꾸는 것처럼 옳고 그름에 대한 모든 판단력과 너무도 명백한 결과에 대한 모든 두려움은 일시적으로 사라진 것 같았다. 두꺼비는 속도를 높였고, 진입로를 빠져나온 차는 광활한 들판 사이로 난 고속도로를 누비며 달렸다.

두꺼비는 자신이 원래의 두꺼비로 돌아왔다는 것만을 의식하고 있었다. 좋았던 시절의 두꺼비, 공포의 두꺼비, 운송 수단의 황제, 도로의 정복자 두꺼비, 누구든지 그를 보면 길을 비키

든지, 아니면 그에게 치어 영원히 계속되는 잠을 자야만 했다.

두꺼비는 하늘을 나는 것만 같은 즐거움을 맛보며 노래를 불렀고, 자동차도 요란한 소리로 화답했다. 어디로인지는 모르지만 그의 뒤로 이미 몇 마일이나 되는 길이 스쳐갔고, 두꺼비는 오직 본능에만 의존하고서 앞으로 어떻게 될지는 전혀 개의치 않으며 한순간을 충만하게 즐겼다.

"본 판사의 의견으로는."

재판장인 치안 판사가 유쾌하다는 듯이 말했다.

"이 사건은 너무도 명백해 단 한 가지의 어려움만 따른다고 판단된다. 그것은 피고인석에 앉아 있는 개전의 정이 보이지 않는 상습범에게 어떤 벌을 내려야만 충분히 뜨거운 맛을 보여줄 수 있느냐는 것이다.

피고는 유죄다. 첫째, 자동차를 훔친 죄. 둘째, 공공의 재산과 생명을 위협하는 난폭 운전죄. 셋째, 지방 경찰관에게 뻔뻔스럽게도 반항한 죄. 이 모든 죄는 명백한 증거로 입증되었다. 서기, 이 각각의 죄에 우리가 부과할 수 있는 가장 가혹한 형량을 알려주기 바란다. 피고에게는 선처해야 할 하등의 이유가 없다."

서기는 콧등을 펜으로 긁고 나서 대답했다.

"어떤 사람들은 자동차 절도를 가장 나쁜 죄로 판단할 것입니다. 실제로 그것은 중죄입니다. 그러나 경찰관에게 반항한

죄는 더 큰 벌을 받게 됩니다. 피고의 절도죄에 대해서는 가장 가벼운 형을 내린다 해도 3년 징역형이 가능합니다. 난폭 운전 죄에 대해서도 관대한 판결이라 할지라도 3년형이 가능합니다. 마지막으로 경찰관에게 반항하고 나아가 협박까지 한 죄는 3년형이 가능합니다. 증인들은 명확히 증언해 주었지만, 재판장님께서 그 10분의 1만 믿으신다 해도, 제 자신도 믿을 수는 없지만, 그 형량을 정확하게 합산하면 19년형이 가능합니다."

"1급 중범죄구나."

재판장이 말했다.

"그러므로 재판장님은 합계 20년형을 선고하셔야만 적당할 것입니다."

"훌륭한 제안이다!"

재판장도 서기의 의견에 전적으로 동의했다.

"피고! 정신을 차리고 똑바로 서라! 이번에 너에게 20년형을 선고한다. 그리고 네가 이 법정에 다시 나타나면 혐의가 무엇이든간에 너를 아주 엄하게 다룰 것임을 명심하라."

그러자 냉혹한 법의 집행자가 불행한 두꺼비의 몸을 사슬로 묶고 법정에서 끌고 나갔다.

기도하고, 사람을 불러 모으고, 물건값을 흥정하는 소리들로 왁자지껄한 시장을 지날 때 단순히 지명 수배된 용의자를 대하는 경우에는 연민의 정을 보여주고 도와 주기까지 하는 시민들이 확성범인 두꺼비가 니타나자 홍당무를 던지기도 하고, 야유를 퍼붓기도 하고, 귀에 익은 구호를 외쳐대기도 하며 그를 경멸하고 조롱했다.

두꺼비가 나타나자 순진한 어린 학생들은 신사가 곤경에 처한 모습을 보았을 때처럼 매우 즐거워하며 소리를 질러댔다.

발자국 소리가 울리는 도개교를 건너고, 뾰족뾰족한 창날이 꽂혀 있는 성벽을 지나고, 높은 탑이 솟아 있는 으스스하고 오래된 성의 진입로를 통과했다. 경비실을 통과할 때는 쉬고 있던 경비병들이 두꺼비를 보며 싱글거리기도 했다. 근무중인 경비병은 두꺼비가 지나가자 갑자기 격렬하게 기침을 해댔다. 죄에 대한 경멸의 태도를 그런 식으로밖에는 표현할 수가 없어서였다.

계속해서 낡은 계단을 올라가고, 철제 갑옷과 투구를 쓰고 미늘창으로 무장한 경비병을 지나치자 줄에 묶여 있는 큰 마스티프종 개가 짖어대는 안뜰로 나오게 되었다. 그들은 미늘창을 벽에 기대어 세워 놓고, 병에 든 갈색 술을 마시고 과자를 먹으며 얘기도 나누고 졸기도 하는 경비병을 지나갔다.

길은 끝이 없이 계속되었다. 고문 도구실을 지나고, 단두대로 올라가는 계단을 지나자 마침내 내부 가장 깊숙한 곳에 자리잡은 소름 끼치는 감방이 나타났다. 그들은 고풍스러운 간수복을 입고 열쇠꾸러미를 만지작거리는 나이 많은 간수 앞에서 멈춰 섰다.

"오즈보디킨스!"

　호송 간수는 그 간수에게 인사한 다음 헬맷을 벗고 이마의 땀을 닦았다.

　"여, 변함없구만. 이 사악한 죄수 두꺼비를 인수하게. 20년형이나 선고받은 중죄수야. 머리가 뛰어난 대단한 놈이지. 그러니까 자네의 멋진 수염을 제대로 간직하고 싶으면 이제까지 익힌 온갖 기술을 발휘해서 이놈을 잘 지키라구. 까딱하면 자네 머리까지 날아갈지도 모르니까. 내 말 명심해."

　간수는 엄숙하게 머리를 끄덕인 다음, 말라빠진 손을 불운한 두꺼비의 어깨에 올려놓았다. 잠시 후 두꺼비가 감방 안으로 들어가자 문이 닫히고 녹슨 자물쇠를 채우는 소리가 들려왔다.

이렇게 해서 비탄에 빠진 두꺼비는 '즐거운 영국' 전체를 통틀어 가장 견고한 성의. 가장 외진 지하 감옥에 갇히는 신세가 되었다. 게다가 노련한 간수가 두꺼비를 항상 날카로운 눈으로 감시했다.